KB099057

두고 온 나무

두고 온 나무

1판 1쇄 발행 | 2017년 10월 28일

지은이 | 안과순
발행인 | 이선우
펴낸곳 | 도서출판 선우미디어
등록 | 1997. 8. 7 제305-2014-000020
02643 서울시 동대문구 장한로12길 40, 101동 203호
☎ 2272-3351, 3352 팩스: 2272-5540
sunwoome@hanmail.net

값 12,000원

이 도서의 국립중앙도서관 출판예정도서목록(CIP)은 서지정보유통지원시스템 홈페이지(http://seoji.nl.go.kr)와 국가자료공동목록시스템(http://www.nl.go.kr/kolisnet)에서 이용하실 수 있습니다.(CIP제어번호: CIP2017027691)

ISBN 978-89-5658-543-7 03810
ISBN 978-89-5658-544-4 05810(PDF)

두고 온 나무

안과순 수필집

선우미디어
sunwoomedia

작가의 말

많이 망설였다. 솔직한 심정은 두렵다.

수필집을 세상에 내놓는다는 것은 읽을 독자들이 있을 것이란 기대가 있어서일 터이다. 그동안 써놓은 글들을 헤어보니 50여 편이 넘었다. 막연한 기대감을 갖고 한 편 한 편 다시 읽었다. 모두 고만 고만한 글들이다. 내가 생각해도 독자들의 흥미를 끄집어 낼 글을 찾을 수가 없다. 대부분이 나의 독백이고 별스럽지 않게 흘려보낸 지난날들의 발자취들을 어설프게 되살린 것들이다.

고민을 거듭했다. 그런데 그 중에서 몇 줄기 밝은 빛이 반짝거렸다. 어떤 글에는 어린 시절 모습들이 예쁜 색종이로 모자이크 되었고, 삭막하게 변해가는 고향 마을의 옛 정취도 아름다운 저녁 노을의 풍경화로 다시 태어났다. 고난의 역사 속에 점철된 가족사도 점점이 또렷하게 박혀 있다. 무엇보다 나의 오늘을 있게 한 어머님의 숭고했던 모습들이 곳곳에 숨어 있음을 발견하고는 망설임이 결심으로 바뀌었다.

수필에는 문외한인 내가 산영재선생의 문하에 입문하여 귀에 닳도록 들은 말씀은 "수필은 허구가 깃들 수 없는 문학이다."는 가르침이었다. 여기에 실은 글들은 나의 역사이고 추억이고 나의 생각들이다. 더할 것도 뺄 것도 없는 나의 지울 수 없는 흔적들이다. 내 일생을 투영한 진솔한 영상들이다.

수필을 쓰면서 부수적으로 얻은 것 또한 내게는 값지다. 살아온 날들에 감사할 일들이 많았고, 남은 날들을 어떻게 살아야 할 것인지도 어렴풋이나마 정립되는 계기가 되었다.

책을 펴내는 기회에 틈틈이 익힌 서화(書畵) 몇 점을 곁들였다.

정성을 쏟아 지도해 주신 산영재 선생님과 수필교실로 인도한 선배문우님, 출판을 맡아주신 선우미디어에 감사드린다.

2017년 한여름

삼송마을 망악재(望岳齋)에서 행촌 안과순

| 차 례 |

제1부 어머니의 반지

제2부 두물머리의 가을

제3부 신선한 이 새벽에

제4부 십자성과 소녀상

제5부 글씨 쓰는 즐거움

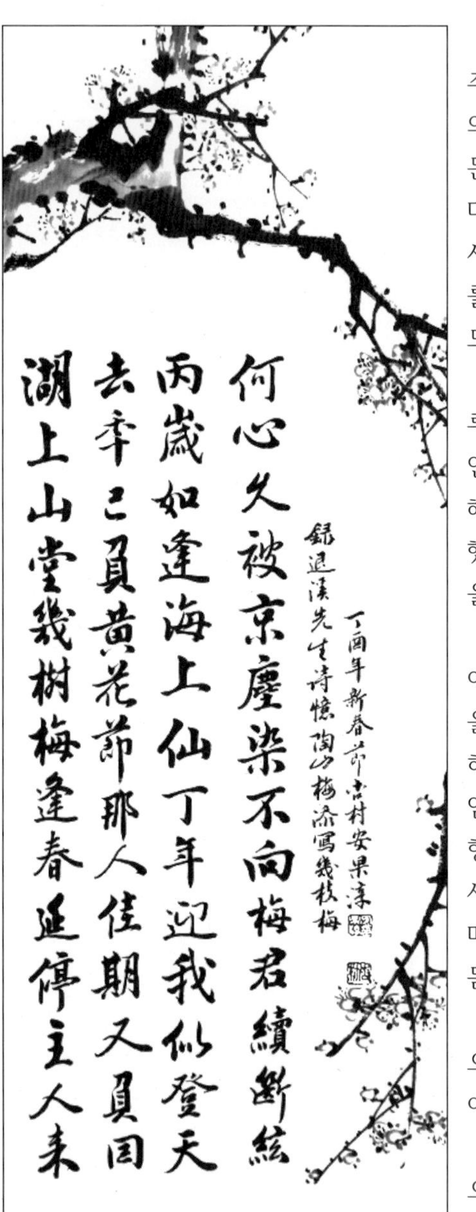

이기이원론(理氣二元論)을 주창한 성리학자 퇴계 선생의 성정(性情)은 출세보다 학문 연구에 매진하는 것이었다. 그러면서 매화를 끔찍이 사랑하여 백여 수의 매화 시를 남겼다. 그 중 한 수가 억도산매(憶陶山梅).

"호숫가 도산서당의 몇 그루 매화꽃이, / 봄이 오니 주인 오기를 기다리네. / 지난해 국화 피던 때 그대를 이별했으니 / 아름다운 그 기약을 또 다시 저버릴 손가."

이 시는 선조 2년(1569)에 이조판서에 제수되었으나 병을 빙자하여 세 번이나 사양하였고, 다시 판중추부사로 임명되고, 우찬성에 제수되어 향리로 돌아가게 해달라고 사양하던 시절에 도산서당에 매화 꽃이 피었다는 소식을 듣고 읊은 시다.

도산선생을 흠모하는 마음으로 매화 몇 가지를 그리고 이 시를 썼다.

언제나 도산이 품었던 성정으로 글을 쓰고 싶다.

제1부

어머니의 반지

빛과 영기(靈氣)

여명이 지나자 성삼재 동쪽으로 솟아오르는 해는 하늘을 붉게 물들이고, 발아래에 펼쳐진 운해(雲海)가 장관을 만들어내고 있다. 여기서 운해를 만나면 종주 동안 날씨가 좋다는 속설이 있다. 산사람들의 오랜 경험에서 전해 내려오는 이야기이리라. 이 산에서 만나는 운해는 길조인 셈이다. 그 아름다움은 나를 설레게 하였고, 그 위에 하얀 돛배를 띄우고 운평선(雲平線)을 넘나드는 환상에 젖어보기도 한다.

오년 전 늦가을에도 이 길을 걸었다. 만추(晩秋)의 지리산은 사나웠다. 입구에 이르자 한기를 머금은 새벽비가 세차게 뿌렸고 찬바람까지 몰아쳤다. 그러나 오랜 기간 벼른 산행이라 궂은 날씨가 앞을 막지는 못하였다. 처음 이틀 간은 세찬 비바람과의 사투였다. 사흘째가 돼서야 다행히 비는 멎었고 날씨도 갰다. 그때의 종주는 고난의 추억을 남겼고 아쉬움도 많은 산행이었다. 사진첩을 뒤지다가 산 사진을 발견하였다. 사진들을 하나하나 보면서 추억에 젖어드는 순간 그 산이 나를 또 유혹하였다.

해발 천오백여 미터에 오르면 이곳부터 주봉인 천왕봉까지 수많은 고봉을 넘고 넘어 백여 리 길을 걸어서 가야 하는 하늘 길이다. 해가 떠오르자 발아래 펼쳐졌던 운해는 말끔히 걷히고 청명한 봄 날씨가 따사롭다. 하늘 길은 고요하다. 사방을 둘러보아도 하늘과 산과 광활한 수해(樹海)만 보일 뿐이다. 세속의 소리도 들을 수가 없다. 산중의 적막은 세속에서는 느낄 수 없는 오묘한 매력을 발산한다.

이 길을 걷노라니 옛 일이 아련히 떠올랐다. 큰아이가 대학시험에 실패하고 충격에 빠져 있을 때, 우리 가족은 자동차로 화엄사를 거쳐 이 산을 넘어 해인사를 들렀다. 그 아이가 어릴 때는 건강하고 총명하여 공부도 남에게 뒤지지 않았다. 그러나 중학교 2학년 무렵 갑자기 고열이 나더니 뒤이어 두 달에 한 차례꼴로 무기력 증세가 찾아왔고 일주일여를 깊은 잠에 빠져드는 희귀증상이었다. 큰아이가 잠을 자기 시작하면 가족도 함께 무력증에 빠졌다. 병을 정확히 진단하는 의사조차 없었다. 백방으로 수소문한 끝에 한 대학병원의 노 교수를 찾았다. 그 증상은 사춘기의 시작과 함께 왔다가 사춘기가 지나면 사라지는 희귀병으로 세계 소아과학회에 최근에야 보고된 병이라는 것이었다. 그 의사의 진료를 계속 받았고 사춘기가 지나면서 점점 그 빈도가 줄어들더니 증상이 사라졌다.

한창 성장하고 공부할 나이에 이러한 증상이 몇 년이나 지속되었으니 아이의 학업 성적은 떨어지고 대학시험마저 실패하는 아픔을 겪었다. 그래서 생각한 것이 지리산을 넘는 것이었고, 아이에게 자연의 장엄함과 산사(山寺)의 오묘함을 보여 주고 용기를 부여해 주려는 게 나의 속마음이었다. 지리산의 영기(靈氣)를 받아서일까, 아이는 진로를 바꾸고 한의학을 공부하여 지금은 건강한 의사로서 환자들을 열심히 돌보고 있다.

여명을 지나면서 본 운해가 나의 감성을 자극하더니 연녹색의 밀림을 뚫고 쏟아지는 신비로운 아침광채는 온갖 상상력을 불러들였다. 마치 하늘나라 소인국의 선녀들이 은하의 아름다운 별들을 타고 밀림 사이를 휘저으며 군무를 즐기는 것만 같았다. 이 빛은 분명 만물을 잉태시키고 성장시키는 우주의 기(氣)가 아닐까. 길섶의 조릿대 잎들은 산들바람에 뒤집히며 춤을 추고, 연록의 새싹들은 그 뾰족한 입으로 기를 빨아들이며 흥에 겨워 조잘거린다. 산 아래 끝없이 펼쳐진 수해 위에서는 밤새도록 내린 이슬이 아침햇살을 받아 반짝이며 물안개를 피워 올린다. 물안개를 투과한 햇빛이 연록의 바탕색과 어우러져 형용하기 어려운 빛의 마술을 빚어내고 있다. 해가 솟아오르는 아침, 길지 않은 순간의 지리산 속은 숨이 막힐 정도로 아름답다.

어느 천재화가인들 이 황홀한 광경을 그려낼 수 있으며 어느 마술사인들 이 빛을 재현할 수 있겠는가. 이렇듯 오묘하게 합성된 빛은 이 산만이 만들어낼 수 있는 순간의 마술일 것이다. 이 신묘함을 사진에 담아볼 양 열심히 셔터를 눌러댔지만, 헛된 욕심일 뿐이다. 햇살이 강해질수록 그 빛은 평범한 산림 위의 빛으로 변해간다. 마치 사막 위의 신기루같이 사라진다.

숨을 헐떡이며 연하봉(烟霞峯)에 오르니 아침에 본 환상의 빛은 어느새 옅은 운무(雲霧)를 만들어 온 산을 장엄한 한 폭의 수묵화로 바꿔놓는다. 멀리 운무 위에 떠오른 반야봉이 마치 여인의 풍만한 둔부를 연상케 한다. 발밑에 솟아오른 수많은 연봉들은 젊은 여인의 유방과도 같이 아름답다. 저 아래 깊은 수림 속 계곡에서는 생명의 물을 끊임없이 뿜어내고 있으니 이 산은 분명 위대한 생명을 창조하는 영산이리라.

한반도의 등뼈인 백두대간의 정기를 모아 그 남단에 광활하게 똬리를 틀고 앉은 지리산. 비록 근세의 아픈 역사를 간직하였지만 이제 그 아픔을 떨쳐버리고, 신비한 광채와 영기를 뿜어내고 있다. 이 영산 위에서 우리나라의 찬란한 앞날을 그리고 있다.

(2011.)

날이 밝으면
내 조그마한 서재 망악재(望岳齋) 동창에는
어김없이 북한산이 한 폭의 풍경화로 걸린다.
그 그림은 시간 따라 변하고 계절 따라 옷을 바꿔 입는다.
산을 좋아하는 나로서는 이보다 좋은 호사가 있을 수 없다.
수십 번이나 집을 옮기면서 얻은
이 풍경화는 언제나 나를 사로잡는다.

비갠 날 북한산성에 앉아

토요일 아침 일찍 창문을 여니 북한산의 영봉들이 손에 잡힐 듯 선명하게 다가온다. 지루한 장마가 소강상태를 이루면서 이삼 일간은 비가 오지 않는다는 기상청 예보다. 비가 그친 산빛은 형용하기 어렵다. 검은빛도 아닌 것이 푸른빛도 아니요, 물기를 듬뿍 머금은 산 빛이 내게 신비함으로 다가온다. 동악제색(東岳霽色)! 더 이상 적당한 표현을 찾을 길이 없다.

조선 시대 진경산수의 대가 겸재는 비개인 인왕산을 보면서 〈인왕제색도(仁王霽色圖)〉를 그려서 국보로 남겼다. 비가 갠 북한산을 수묵화에 담을 재간이 없는 나는 단지 그곳에 들어가 보고 싶은 욕망뿐이다. 간단한 등산복 차림에 물 한 병을 옆구리에 끼고 집을 나섰다. 발걸음이 전에 없이 가볍다. 국립공원 입구에는 등산객들로 붐빈다. 들리는 물소리가 입구에서부터 심상치 않다.

산을 오르기 시작한 지 십여 분도 지나지 않아 소나기 한 줄금이 지나가더니 이어서 빗방울이 잦아든다. 비에 대비한 준비를 안했으니 속수무책으로 비를 맞았다. 지갑과 손 전화가 젖는 것이 걱정이다. 아무리 예보가 그렇더라도 장마철인데 나의 소홀함과 신중하지 못한 차림이 후회스럽다. 돌아갈까 생각도 했지만 산 속의 풍경이 나를 놓아주지 않는다. 이윽고 작은 암자 터를 손질하는 작업차를 발견했다. 거기에 자재를 덮었던 비닐 뭉치가 보였다. 운전기사에게 양해를 구하고 비닐을 적당히 끊어 지갑과 전화기를 싸서 주머니에 넣으니, 마치 병사가 완전 군장이라도 하고 출정하는 것처럼 발걸음이 가벼워진다.

오른쪽 귀로는 석간수(石間水) 흐르는 소리가 간지러운가 하면 왼쪽에서는 우레와도 같은 폭포소리가 웅장하다. 어느 오케스트라의 지휘자가 자연 그대로의 소리를 화음으로 낼 수 있을까. 계곡에는 깊은 웅덩이가 수없이 파이고 쏟아지는 물은 파란 연못을 끊임없이 만들어낸다. 큰 비가 내린 후의 북한산 계곡은 내설악의 백담(百潭) 계곡에 견줄 만큼 장관을 연출한다.

물소리가 잦아들면서 정상이 가까워 옴을 느낀다. 정상에는 앞에 오른 등산객들로 북적댄다. 헐떡이며 땀 흘려 오른 정상. 거기에는 복원된 북한산성이 능선을 따라 꿈틀거리고 저 아래로 낯익은 서울의 모습이 한눈에 들어온다. 조선 초기에 개경에서 한양으로 천도한 무악대사와 정도전의 예지(銳智)가 머리를 스쳐 지나간다. 오백년 도읍의 숨결을 고스란히 간직한 이 서울. 높지는 않지만, 아름답고 웅장한 북한산을 등에 업고, 유유히 흐르는 한강이 휘돌아가니 촌부가 보아도 배산임수의 명당이다.

정도(定都) 칠백 년을 바라보는 우리의 도읍지는 한때 일제의 야욕에 찬탈당하는 치욕도 겪었지만, 신생 대한민국을 짧은 기간에 세계 십위권의 경제 대국으로 견인한 곳이기도 하다. 거기에는 동 시대를 풍미한 세 분의 영웅이 힘을 합쳤다. 한 세기에 한 명의 영웅도 태어나기 어렵다는데 우리는 같은 시대에 세 분의 영웅을 배출하였으니 분명 복 받은 나라다. 한 분은 정치를, 두 분은 경제를 견인하면서 모진 가난에서 벗어나고자 하는 국민의 열망을 결집하였으니 짧은 기간에 세계사에 남을 만한 업적을 일구어낸 것이다. 그 분들과 같은 시대를 몸소 체험하며 살아온 나는 서울을 바라보면서 그 분들이 남긴 위대한 발자취들을 생생히 떠올리고 있다. 감사한 마음 가눌 길이 없다.

최근에 이르러서는 전직 대통령들의 행적으로 온 나라가 시끄럽다. 퇴임하면서 천문학적인 비자금을 조성하고 환원하지 않은 분, 재임 당시 남북정상회담에서 국가안보를 약화시키는 발언을 했다고 의심 받는 분, 4대강 정비 사업을 하면서 실제로는 국민들이 반대하는 대 운하를 염두에 두고 공사를 하였다고 의심을 받는 분 등.

국가의 지상 목표인 안보와 정의는 무엇과도 바꿀 수 없는 명제다. 역사는 바로 잡아야 한다. 그것이 역사의 순기능이다. 비록 전직 대통령이라도 이 부분에서 자유로울 수는 없다. 그러나 이러한 사안들로 인하여 정치적으로 대립되고 국론이 분열되면 피해를 보는 것은 결국 국민들이다. 결코 국가 장래를 위해서도 바람직스럽지 못한 일이다. 안보를 튼튼히 하고, 국민을 배불리 먹이고 따뜻하게 입히는 것이 정치의 제일 목표가 아닌가. 하루 빨리 온 나라가 조용해지고 위정자들을 비롯한 국민 모두가 제 자리를 찾았으면 좋겠다.

겸재는 비 갠 인왕산을 보고 병석에 누운 친구의 쾌차를 기원하며 〈인왕제색도〉를 남겼는데, 나는 비 갠 북한산에 올라 상념만 한 아름 안고 발길을 돌린다.

(2013.)

어머니의 반지

"어머! 선생님, 커플반지 끼셨네요."

여성 문우 몇 분과 차를 마시면서 담소하는 자리에서 한 문우가 약간 놀라는 표정으로 하는 말이다. 커플반지는 연인들 사이나 부부 간에 함께 끼는 반지가 아닌가. 순간적으로 당황했다. 나는 겸연쩍게 웃으며 어머님께서 생전에 끼시던 반지라고 얼버무렸다.

내 오른손 새끼손가락에서는 은반지가 반짝인다. 백금이나 다른 보석처럼 값이 나가는 것은 아니지만 반짝이는 빛깔로만 보면 어떠한 보석보다 아름답다. 반지의 소재는 내게 아무런 의미가 없다. 그저 어머님이 끼시던 것이기에 끼고 다니는 것이다.

두어 해 전, 생전에 어머니께서 쓰시던 사소한 물건들을 정리하다가 이 반지를 발견했다. 돌아가실 때까지 왼손 중지에 늘 끼고 계셨던 유품이다. 어머니는 왼손 검지에 천주교의 묵주반지를 끼고 중지에는 이 반지를 끼셨다. 두 개의 반지를 끼셨던 손은 야위어서 마치 가랑잎처럼 마르고 앙상했다. 손등에는 굵고 파란 핏줄들이 솟아서 보기에 흉했지만 두 반지가 반짝이면서 묘한 대조를 이뤘다.

어머니는 젊어서 참으로 많은 고생을 하셨다. 온갖 농사일이며 길쌈이며 봇짐장사 등 부녀자로서 감당하기 어려운 일들을 마다하지 않으셨다. 오십 줄에 들어서면서 서예와 묵화에도 심취하시고 천주교에 귀의하셨다. 구순을 넘기고서도 인품은 언제나 단아하셨다. 눈도 밝으시고 기억력도 좋아서 틈만 나면 성경을 읽고 기도로 많은 시간을 보내셨다. 아마도 이 반지는 육십 대부터 끼고 계셨던 것으로 기억한다. 묵주반지야 천주교 신자로서 끼셨겠지만 중지에 끼셨던 이 반지의 유래는 알 수가 없다. 내가 분명하게 기억하는 것은 그 반지가 노쇠해 가는 어머니의 손에서 유난히 반짝였다는 점이다.

반지를 보는 순간 반가웠다. 여러 손가락에 맞춰 보았지만 맞는 손가락은 오직 오른손 소지뿐이었다. 그 손가락에 어머니 반지를 끼고 내 왼손 검지에 끼었던 묵주반지는 빼서 따로 보관하였다. 그 후로부터 이 반지를 끼고 있다.

묵주반지를 빼고 이 반지를 낀 이유는 내게 어머니는 누구보다도 마음속 깊이 계신 분이기 때문이다. 어머니는 시간이 지날수록 더 보고 싶고 생각하면 가슴이 뭉클해지는 분이다. 반지를 보는 순간에는 그분의 모습이 선명하게 떠오를 때도 있다. 생전의 불효했던 일들이 떠오르면 마음이 아프고 후회스럽다. 답답하고 어려울 때는 반지를 보면서 어머니께 여쭈어 볼 수도 있고 무슨 행동을 할 때 그분이라면 어떻게 하실까도 생각하게 된다. 자고 깨면 이 반지를 보게 되니 늘 어머니를 모시고 있는 기분이다.

누구라서 자기 어머니가 훌륭하지 않은 사람이 있을까마는 어머니는 참으로 훌륭한 분이셨다. 어려서 외할아버지로부터 한학을 공부하였지만 학교 교육은 받지는 못하셨다. 그러나 꿈이 많은 소녀였던 것 같다. 외할머니의 말씀에 의하면, 어머니가 네다섯 살 때 쑥버무리를 해주면 그것을 우물가에 놓고 왕비가 되게 해달라고 빌었다는 일화도 있다.

열여섯 살 어린 나이에 동갑나기 아버지와 결혼하고 생전토록 부덕을 지킨 분이다. 결혼 후 3년여 만에 아버지는 외지로 돌아다니기 시작하셨으니 결혼 생활은 순탄치 않았다. 스물다섯에 아버지는 사할린으로 가셔서 영영 돌아오지 못하셨다. 그때부터 청상(靑孀)이 되신 셈이다.

행실은 한 치의 흐트러짐이 없으셨고, 언제나 집안이나 동네에서 모범이 되었다. 시가(媤家)나 친정 부모에게 효성이 지극하였고 형제간 우애도 돈독하였다. 어려운 여건에서도 친정 부모를 위하여 묘지와 묘답(墓畓)을 마련하였다. 겨울이 되면 따뜻한 솜옷을 손수 마련하여 시부모에게 입혀드리고 계절이 바뀔 때마다

소찬이라도 준비하여 집안이 함께하는 자리도 가졌다. 이러한 효성과 우애는 동네 안에서도 칭송이 자자했다. 그러나 자식 교육만은 한학자였던 할아버님의 의도대로 따르지 않고 어머니 주장을 굽히지 않으셨던 분이다.

할아버지는 조선 시대 주자학과 성리학을 최고의 학문으로 숭상하는 한학자신지라, 손자가 학교에 가는 것을 반대하셨다. 그러나 어머니는 새로운 사조를 따르려면 반드시 학교에 가서 공부를 해야 한다고 할아버지를 설득하였다. 아버지가 일찍 집을 떠난 것도 할아버지의 영향이 있었을 것이라고 생각하셨을 것이다. 아버지 또한 일본이나 사할린에서 편지를 할 때면 나를 꼭 학교에 보내야 한다고 어머니께 당부하곤 했다. 할아버지도 결국에는 당신의 주장을 거두시고 나를 학교에 보내는데 동의하셨다.

내가 학교에 다니면서 어머니의 삶은 더욱 어려워졌다. 고생도 막심하였지만 어머니는 자신에게는 더욱 엄격하였고 자식에게는 어려운 내색을 안 하셨다. 자식이 잘못하는 일이 있으면 준엄하게 꾸짖었다. 아버지가 없는 자식을 올바르게 키우려고 노력한 장한 분이다.

오른손 소지에서 반짝이는 반지를 보면 어머니의 가랑잎 같던 손등이 선명하게 떠오른다. 그 손을 통해서 어머니의 무한했던 사랑과 인고가 느껴진다. 내게 이 반지는 어머님의 분신일 뿐 아니라 그분과 나를 연결하는 보이지 않는 끈이기도 하다.

천당이 있다면 어머니는 분명 그곳에 계실 것이다. 평생을 깨끗이 사셨고 많은 기도를 하시면서 생을 마감하셨으니 이런 분이 천당에 못 가시면 누가 거기에 가겠는가. 그분의 영혼은 천당에서도 이 반지를 왼손 중지에 끼고 성경을 읽으면서 기도하시리라. 그리고 자식이 항상 정도(正道)를 걷도록 내려다보고 계실 것이다.

나는 어머니가 현세에 남긴 반지를 끼고 그분과 함께 있으니, 이 반지야말로 우리 모자간을 연결하는 커플반지가 아니겠는가.

(2017.)

낭만의 오토캠핑

먼 나라의 이야기거나 남의 일로만 동경해 왔던 오토캠핑으로 유럽을 여행하였다. 독일의 함부르크를 출발하여 프랑스, 스위스, 오스트리아를 거쳐 다시 함부르크로 돌아오는 육천여 킬로미터의 여정이었다. 일행은 서울에서 간 친구 여섯 명에 현지에 거주하는 후배 두 명이 합류한 여덟 명이었다.

첫 기착지는 라인 강과 모젤 강이 합류하는 유서 깊은 코부렌츠다. 로마군의 침략에 대비하여 라인 강과 도나우 강을 잇는 게르만 민족의 방어선이었던 이곳에는 웅장한 고성이 보존되고 있다. 독일의 배꼽에 해당한다는 삼각주에는 거대한 비스마르크 동상이 유유히 흐르는 라인 강을 바라보면서 서있다. 라인 강 운하에는 수많은 화물선들이 오가고, 강변을 따라 부설된 철로에는 화물열차들이 꼬리를 물고 달리고 있었다. 말로만 듣던 '라인 강의 기적'을 확인하는 현장이기도 했다. 우리나라의 4대 강도 이렇게 개발하면 어떨까 하는 생각이 들었다.

라인강의 지류는 모젤강이다. 모젤강 양안의 비탈밭에는 포도 농원이 연이어져 있다. 유명한 '모젤' 상표의 백포도주가 이곳에서 생산된다. 강변에 위치한 티에르는 독일에서 가장 오래된 도시로 로마관구 사령부의 유적이 있다. 아직도 포르라 니그라(검은 문)가 건재하고 원형 경기장과 공중목욕탕 터가 보존되어 있다. 로마의 장수 옥타비아누스가 계획한 곳이라니 더욱 감회가 깊었다.

세계 제2차대전의 격전지 베르딩에서 1박 하고 파리에 도착했다. 파리 관광을 마치고 하룻밤을 지내기 위하여 베르사이유 역광장으로 갔는지만, 화장실도 열악하고 물도 귀하여 다시 궁전 광장으로 옮겼다. 물은 풍부하였으나 공중화장실이 없어 난감했지만 마땅한 곳을 찾을 길이 없어서 거기서 1박 하기로 했다. 할 수 없이 광장공원 나무 밑에 실례를 범하기도 했다. 생리현상을 참을 수가 없으니 어찌하랴. 공중화장실을 만드는데 인색한 유럽인이니 이것도 그들의 업보라 생각하며 자위했다.

파리에서 주네브로 향하는 길목에 조그만 도시 트로이가 있다. 이곳은 파리의 유행이 창조된다는 예술의 도시로 세계 유행의 시발점이라 할 수 있다. 아쉽게도 일요일이어서 많은 상점이 문을 닫았지만, 현지 예술가들이 자기 작품을 소공원에 진열하고 파는 모습이 이채로웠다.

주네브로 가기 위해 해발 1천3백 미터의 산악도로를 넘으니 도로변에 '1805년 나폴레옹 장군 휘하 장병들이 마셨다.'고 새겨진 곳에서 약수가 콸콸 쏟아지고 있었다. 물에 굶주렸던 일행은 원없이 물을 마시고 비상 물도 듬뿍 채웠다.

이윽고 스위스 국경을 지나서 달리다 보니 어느새 아름다운 레만호가 앞에 펼쳐졌다. 코발트색 호수 위에 유유히 떠 있는 백조들과 한가로이 미끄러지는 요트들, 거기에 하늘 높이 치솟는 분수에 마음마저 황홀해졌다. 날이 저물자 주네브의 야경을 벗 삼아 호반의 잔디밭 위에서 밤을 보냈다.

주네브를 떠나 알프스의 융프라우(독일어로 젊은 여성)로 향하는 길은 곳곳이 절경이다. 파랗다 못해 눈이 시린 호수들이 연이어 이어지고 만년설로 뒤덮인 알프스 영봉들은 최고의 풍경화들이다. 억겁을 '젊은 여성'의 품속에 있다가 눈이 녹아내리는 폭포에 갈리고 닳은 조약돌 하나를 집어서 주머니에 넣었다.

스위스를 거쳐 오스트리아로 향하면서 잘츠부르크를 지났다. 모차르트의 고향이자, 영화 〈사운드 오브 뮤직〉의 배경인 아름다운 잘츠부르크. 저 멀리 초원에서 말괄량이 수녀 지망생 '마리아'가 춤을 추며 노래를 부르는 환상이 가물거렸다.

유서 깊은 음악의 도시 비엔나는 모차르트, 하이든, 요한 슈트라우스, 슈베르트 등 악성들의 기념관이 모여 있다. 지붕의 모자이크 무늬가 이색적인 슈테판 대성당이 그 시대의 예술성을 자랑하고, 세계 3대 오페라하우스인 비엔나 국립 오페라하우스도 있다. 몇 달을 머물고 싶은 유혹을 뿌리치고 겨우 사진 몇 컷을 찍었다.

황혼이 짙을 무렵 독일의 뮌헨에 도착했다. 쌍둥이 돔으로 유명한 성당 앞 광장에서는 거리 악사들의 연주가 흥겹다. 유명한 음식점인 '학센 바우어'에서 전통 학센(돼지 족발을 잘라낸 다리 살을 훈제한 것)에 바우어의 정통 맥주로 여독을 풀었다.

대학의 도시 하이델베르크, 신성 로마제국의 오토 왕가가 축조한 고성 안에는 5천 리터를 족히 담았다는 거대한 와인 오크통이 보존되어 있다. 유서 깊은 대학로 양변에는 잘 정돈된 책방, 상가, 카페 등이 아름다웠다. 거리에 넘쳐나는 젊은이들의 낭만 속에서 발랄한 에드먼드 퍼덤과 앤 브라이스가 주연했던 영화 ≪황태자의 첫사랑≫의 영상들이 넘실거렸다.

우리와 같은 분단국이었다가 철옹성과도 같던 베를린 장벽을 무너뜨리고 동서독이 통일된 유서 깊은 베를린 장벽 앞에 섰다. 부러운 현장이다. 망국의 설움이 각인된 베를린 올림픽스타디움도 이곳에 있다. 올림픽스타디움 성화대 우측 벽에는 당시 경기 우승자들의 국가와 이름이 새겨져 있다. 마라톤 우승자는 'SON, JAPAN'으로 표기되어 있다. 고 손기정 옹의 가슴에 달았던 일장기가 영원히 지워지지 않는 가슴 아픈 현장이다.

귀국 전날 밤 일행은 함부르크의 한 중국 음식점에서 석별의 정을 나눴다. 헤어지는 순간, 우리를 안내하였던 현지 후배가 울음을 터트렸다. 그 울음은 파독 광부로 고생했던 설움과, 사무치게 그리운 고향 생각이 응축된 눈물이었을 것이다.

그런 후배들을 뒤로하고 귀국 길에 올랐다. 비록 육체적으로는 힘든 여정이었지만 아름다운 추억을 간직한 여행이었다. 안내한 후배들의 모습이 지금도 눈에 선하다.

(2010.)

영원한 회한(悔恨)

순백에 가까운 머리에 허리가 몹시 굽은 한 할머니가 환갑을 족히 넘었을 여인의 부축을 받으며 성당 엘리베이터를 타신다. 아흔은 훨씬 넘긴 노령으로 보인다. 우리 부부도 성전으로 올라가기 위해 함께 탔다.

그 할머니 모습이 정겨워 말을 걸었다. "할머님, 주일 미사를 드리면 일주일이 즐겁고 평화스러우세요?" 할머니는 주름이 가득한 얼굴에 해맑은 미소를 지으며 "네에~" 하고 또렷하게 대답하신다. 할머니를 부축한 여인의 얼굴을 보니 할머니와 판박이다. 따님이냐고 물으니 그렇다고 대답한다. 순간 내 입에서는 "참, 효성이 지극하시네요."라는 말이 튀어나왔다. 그 여인은 당연한 일이라면서 대수롭지 않게 대답한다. 나는 마음속으로 짧은 기도를 했다. "이 가정에 축복을!"

엘리베이터 안에서 겪은 순간적인 일이었지만, 미사 봉헌 내내 그 모녀의 모습이 내 머리에서 맴돌았다. 하늘로 가신 어머님 생각이 울컥울컥 가슴을 적셨다.

우리 가정의 천주교 신앙은 그리 오래지 않다. 80년대 중반, 중학생이던 큰아이에게 찾아온 원인 모를 병마로 온 집안이 우울하고 걱정스런 나날을 보내고 있었다. 어느 날 집사람의 친구가 어머니를 뵙고 이런저런 걱정을 하던 중 어머니에게 개종을 권했다. 열렬한 불교신자였던 어머니는 개종의 방법을 묻고는 인근 천주교회로 달려 가셨다. 손자를 위해 열심히 기도하셨고 우리 내외도 뒤따라 천주교에서 영세를 받았다. 그렇게 해서 우리 가정은 천주교를 믿는 집안이 되었다. 하느님의 돌보심인지 어머님의 기도 덕인지 명의(名醫) 한 분을 만나서 아이의 병의 원인도 알아냈고 아이는 점차 건강을 회복하였다. 지금은 그 아이가 의술로 사회에 봉사하고 있다.

어머니는 아흔을 바라보면서부터는 무릎 관절이 안 좋아져서 손자가 사드린 밀차에 의존해서 걸으셨다. 노인정이나 이웃 출입을 하실 때도 이용하셨지만, 집에서 걸어서 족히 20여 분이 걸릴 성당에 가실 때도 이용하셨다. 그 밀차는 세워 놓고 의자를 펴면 앉아서 쉴 수도 있어서 이용하는데 큰 불편이 없으셨다. 그러나 세월이 지나면서 밀차 사용하는 것조차 몹시 버거워 하셨다. 가끔 차로 모시고 성당에 다녔지만, 이제 성당에는 그만 가시고 집에서 기도드리면 어떻겠느냐고 말씀을 드리곤 했다. 그 말이 듣기 싫으셨던지 어머니는 내가 출발하기 훨씬 전에 집을 나서서 불편한 몸을 이끌고 성당으로 향하셨다. 성당 근처에 이르면 어머니가 힘겹게 저만치 걸어가시는 모습이 보였다.

이 광경이 오늘따라 되살아난다. 나는 무엇이 그렇게 바쁘고 어려워서 오늘 본 그 효성스러운 따님처럼 어머니를 좀 더 살갑고 기쁘게 모시지 못했을까.

옛부터 부모에게 효도함은 백 가지 행실의 근원이라 했다. 인간의 할 일이 수없이 많지만 그 근본은 효도에 두라는 교훈이다. 효심이 지극한 사람은 그릇된 행실을 할 리가 없다. 공부를 열심히 하는 것도 효요, 결혼을 잘 하는 것도 효요, 사업을 잘 하는 것도 효요, 정치나 연구를 열심히 하는 것도 효요, 국가에 충성하는 것도 효다. 모든 것이 효심에서 출발하고 효심에서 그친다면 그릇됨이 없을 것이다. 자손만대에 물려 줄 불변의 진리가 효인 것이다.

그렇다면 그 지고지선(至高至善)의 효는 어디에서 출발하는 것일까. 그것은 부모의 마음을 편하게 해드리는 것이다. 아무리 좋은 집을 마련하고 좋은 옷을 입혀드리고 좋은 음식을 대접한들 부모의 마음을 편치 못하다면 그것은 빛 좋은 허울에 불과할 것이다.

누구에게나 어버이 살아생전 해드리지 못한 불효만큼 큰 후회로 남는 것은 없을 것이다. 우리는 생을 살아오면서 크고 작은 실수도 하고 불미스러운 일도 한다. 때로는 알고도 행동하고 모르고 아무렇지 않게 저지른 불미스러움도 있다. 그러한 것 들은 시간이 지나면 상처도 아물고 기억에서 사라지는 것이 보통이다. 그러나 부모에게 해드리지 못한 것, 부모의 생각에 반했던 행동이나 면전에서의 거역한 일이라도 있어 부모의 마음을 상하게 해드렸다면 그것이 영원한 회한으로 남는 것이리라.

오늘 성당 엘리베이터에서 만난 아름다운 모녀의 모습이 자꾸만 머리에 맴도는 것은 무슨 연유일까. 어머님 살아계실 때 해드리지 못한 일, 마음 상하게 해드린 일들이 하나 둘 떠오르며 나의 아픈 상처를 건드렸기 때문이다.

'자식이 부모를 봉양하고자 하나 어버이는 기다려 주지 않는다.'라는 평범한 진리를 그때는 왜 깨닫지 못했을까. 그 회한은 땅속까지 지고 갈 나의 아픔이다.

(2014.)

樹欲靜而風不止
子欲養而親不待

庚寅仲夏節
杏村安果淳

풍수지탄(風樹之嘆)이란 말이 있다. 부모가 살아계실 때 효도를 하지 않으면 돌아가신 후에 한탄하게 된다는 뜻이다.

공자가 제자들과 어느 마을을 지날 때였다. 인근에서 슬픈 울음소리가 들려왔다. 그곳에 가보니 고어(皐魚)라는 사람이 울고 있었다. 연유를 물은 즉, 공부를 하기 위해 집을 떠났다가 고향에 돌아오니 부모가 돌아가셔서 이렇게 운다고 하면서 "수욕정이풍부지(樹欲靜而風不止); 나무가 아무리 조용히 있고 싶어도 바람이 그치지 않고, 자욕양이친부대(子欲養而親不待; 자식이 효도를 다하려고 해도 부모는 기다려주시지 않습니다. 부모님은 한 번 돌아가시고 나면 다시는 뵙지 못합니다. 저는 이대로 말라죽을 것입니다."라면서 통곡했다. 공자는 제자들에게 고어의 말을 명심해 두라고 했다는 고사를 줄여서 '풍수지탄'이라고 한다. 자식들은 누구나 가슴 깊이 새겨 두어야 할 명언이다.

두 조선 기녀

부산역에서 택시를 타고 오륙도로 가고 있다. 미지의 세계라도 가는 양 가슴이 설렌다. 멀리서는 몇 번 바라본 섬이고 유행가 가사로 인해 친숙한 이름이지만 오륙도 바로 앞까지 가는 것은 처음이기 때문이리라.

목적지에 가까워졌는지 네거리 교통표지판에 '오륙도'와 함께 '이기대(二妓臺)'가 선명하다. '두 기생 터'라니, 어떤 사연이 있어 '이기대'라고 했을까. 호기심이 발동한다.

오륙도 앞에서 시작해서 강원도 고성까지, 바다를 바라보면서 걷는 '해파랑' 길이 열렸다. 거리만으로는 스페인의 유명한 산티아고 순례 길에 버금가는 770여 킬로미터라고 한다. 부산 출신 친구가 첫 구간을 걸어보고 입이 마르도록 자랑하여 그의 안내로 함께 걸어보기로 한다.

연녹색 물결이 초록으로 변해가는 4월 말. 날씨도 맑다. 하늘은 푸르고 봄바람도 살갑다. 기분을 한껏 고조시킨다. 고개를 넘자, 오륙도 섬이 모습을 드러낸다. ≪동래부지東萊府誌≫ '산천조(山川條)'에 "동쪽에서 바라보면 여섯 봉우리요, 서쪽에서 보면 다섯 봉우리가 된다."고 소개하면서 오륙도로 부르게 되었다는 섬. 가까이서 보니 신비스럽다. 갯바위가 기이하게 솟아오른 섬들이 파란 물결 위에 소라껍질 모양으로 엎드려 있다.

'해맞이 공원' 주차장에서 내렸다. 푸른 파도가 끝없이 넘실거리는 동해가 한눈에 들어온다. 바닷바람에 실려 오는 비릿한 냄새와 함께 청량감이 절정에 이른다. 공원 끝에 해파랑 길 출발을 상징하는 '스카이워크'가 아름답다. 발밑으로 바다를 볼 수 있도록, 철골과 강화 유리로 다리를 만들어 해변을 37미터나 섬 방향으로 연장해 놓았다. 관광객들은 덧신으로 바꿔 신고 유리판을 밟으며 바다 위로 걸어갔다가 돌아온다. 발아래에서는 푸른 파도가 갯바위에 부딪치면서 흰 거품을 토해낸다.

해파랑 길을 걷기 시작했다. 이천여 세대는 족히 넘을 초고층 아파트단지를 왼쪽으로 끼고 오르는 오른쪽에는 노란 유채꽃과 녹음방초가 현란하다. 길섶에 세워진 이정표에도 '이기대'가 뚜렷하다. 두 기생의 흔적이 또 나타난 것이다. 궁금증을 더하게 한다. 빨리 가보고 싶은 마음에 걸음을 재촉한다.

갯바위를 깎고 솔숲을 뚫어 만든 오솔길은 발을 옮길 때마다 절경이다. 바다 공기가 가슴속까지 시원하고 한없이 펼쳐진 쪽빛 바다는 눈을 맑게 한다. 저 아래 갯바위에 부딪치는 파도소리는 조개들의 합창이 아닐까. 귀까지 함께 호강이다. 수백 년 동안 모진 해풍을 견디며 굳건히 서 있는 해송들. 비록 몸통은 구불구불하고 가지마다 찢긴 상처로 흉터를 남겼지만, 극한(極限)의 환경을 이기고 늠름하게 서 있는 모습이 인간에게 무언의 용기를 준다. 산책길 중간 중간 경치가 더욱 빼어난 곳이나, 두고 온 경관을 아쉬워할 쯤에는 쉼터가 나오고 사진기의 셔터를 누를 수 있는 편의시설도 있다. 걷는 사람들에게 더 많은 추억을 담아가라는 설계자의 깊은 의도가 돋보인다. 쉼터에서 땀을 식히면서 뒤를 돌아본다. 늘어진 해송 가지 사이로 수줍게 모습을 드러내는 오륙도가 아쉬운 이별의 손짓을 한다.

용호만 선착장이 가까워진다. 해운대, 동백섬, 달맞이고개, 광안대교, 마천루 등 부산의 명물들이 한눈에 들어온다. 축구장 넓이만한 너럭바위가 넘실거리는 파도와 맞닿아 있다. 한쪽에는 해녀들의 동굴 집이 있다. 바다 속에서 딴 소라 멍게 해삼 등을 올망졸망 진열해 놓았다. 두 해녀가 진한 제주 방언을 섞어가며 나그네의 입맛을 유혹한다. 기다리던 '이기대 안내판'이 거기에 있다. 두 기생에 관한 공식적인 알림이 반갑다. 많은 기대를 하고 읽어본다.

"좌수영에서 남쪽으로 15리에 있는 산 위에 두 기생의 무덤이 있다."고 ≪조선 좌수영 동래영지≫에 기록되었다. 그래서 이곳을 이기대라고 부른다는 것이다. 공식 기록치고는 싱겁다. 생뚱맞은 생각이 스쳐간다. 허망하기까지 하다. 다만, 향토사학자 최한복(1895~1968)이 밝혀낸 사실(史實)을 그 밑에 참고로 써놓았다. "임진왜란 당시 왜구들이 수영성을 함락시키고 이곳에서 잔치를 벌였다. 의로운 두 기생이 불려왔는데 왜장에게 술을 권하여 취하게 하고 아래 바다로 함께 뛰어내려 죽었다. 그래서 이곳을 의기대(義妓臺)라고 하였는데 후에 이기대가 되었다."라는 설명이다. 그렇다면 이 너럭바위는 진주 촉석루 앞 의암에 버금가는 역사적인 곳이 아닌가.

임진왜란을 겪은 후 서애 유성룡은 ≪징비록≫을 쓰면서 "조선은 나라가 아니었다."고 후회하고 탄식했다. 제대로 싸움 한 번 해보지도 않고 패퇴한 동래성의 장수나 관리들이 무슨 염치로 두 의기의 높은 충절을 정사에 기록하였겠는가. 그래도 민초들이 의기들의 죽음을 애도하고 이 근처에 무덤을 만들었을 것이다. 전쟁이 끝난 후에도 이 여인들의 충절은 민초들 사이에서 끊임없이 퍼져나갔으리라. 정사(正史)는 마지못해 이 근처에 두 기생의 무덤이 있다고 기록하지 않았을까.

나는 향토사학자가 밝힌 사실을 믿고 싶다. 이제라도 구천을 맴돌고 있을 '두 의기'의 넋을 높이 기려야 하지 않을까. 돌아서는 마음이 왠지 씁쓸하다.

(2016.)

둥지를 찾아온 까치

동창(東窓)의 커튼을 올리니 북한산 형제봉의 오른쪽 어깨를 짚고 아침 해가 힘차게 떠오른다. 대지를 덮은 따뜻한 햇살의 매력에 끌려 아파트단지 안의 공원으로 내려갔다. 까치 한 쌍이 '깍 깍 깍' 짖어대면서 내 주위의 나뭇가지 사이를 이리저리 맴돌고 있다. 반갑다.

지난 해 늦여름 이곳으로 이사를 왔지만, 단지 조성이 마무리되지 않아서 주위는 황량하고 산만했다. 교통도 불편하였다. 다만 지상 20층에 있는 서재에서 바라보면 백운대에서 족두리봉까지의 북한산이 손에 잡힐 듯하다. 능선들은 친숙하고 아름답다. 계절 따라 변화하는 오묘함과, 해와 달이 산정(山頂)의 남북을 따라 엇박자로 떠오르는 모습은 참으로 가관이다. 산을 좋아하는 내게는 잠시의 불편을 감수하고 북한산을 바라보는 재미에 빠져 산다 해도 지나친 말이 아니다.

봄이 되면서 여기저기 조경공사를 하느라 법석이다. 하루는 밖을 보니 높은 소나무들이 무더기로 이식(移植)되고 있었다. 그 중 한 그루에 까치집이 덩그러니 자리 잡고 있는 것이 보였다. 졸지에 둥지를 잃고 허탈해 할 까치를 생각하면서 안타까운 생각이 스쳐갔다.

까치는 동네 인근에 살면서 우리와 친숙한 텃새이다. 겨울의 모진 추위에 세찬 바람과 싸우면서 집을 짓기 시작하여 이른 봄에 완성한다. 이 작업이 끝나면, 그 둥지에 알을 낳고 새끼를 부화한다. 인간이 식용으로 하는 짐승이나 어패류도 생식기(生殖期)를 피해서 잡는 것이 최소한의 원칙이다. 그것은 종(種)을 보호하는 보살핌이요, 개체수를 유지하는 방편이기도 하다. 그런데 하필이면 까치가 둥지를 튼 나무를 산란기에 옮기다니 매정한 인간들의 행태이다. 옮긴 곳이 가깝기라도 하면 까치들이 따라 왔으련만, 며칠을 두고 살펴보아도 까치는 보이지 않았다. 졸지에 둥지를 잃은 까치 부부는 울부짖으며 자기 집을 싣고 달아나는 트럭을 쫓아오다가 날갯죽지가 떨어져 나가는 아픔을 겪고 포기하지 않았을까, 아니면 다른 나무에 새둥지를 틀고 있을까.

가엾은 까치 생각을 지우지 못하고 지내던 어느 날, 외출하는데 한 무리의 인부들이 나무를 심고 있었다. 지금 막 심은 소나무 위에 또 하나의 까치집이 흔들거리는 모습이 보였다. 이제는 부아가 치밀어 올랐다. 인간은 이렇게도 잔인한가. 만일 태초에 만물을 창조하신 조물주가 계시다면 지금쯤 인간을 만든 것을 몹시 후회하고 계실지도 모르겠다는 생각이 들었다. 많은 나무를 옮기면서 까치집이 있는 나무 한 그루쯤 남겨 놓으면 안 되는가. 당장 쫓아가서 항의라도 하고 싶은 충동이 일어났다. 그러나 옮겨 온 나무를 심는 인부들이 무슨 잘못인가. 그 나무를 고르고 파서 차에 실은 사람의 잘못이지 하는 생각에 미치자, 분한 마음만 가슴에 품은 채 그 곳을 지나가고 말았다. 그 후에는 까치들이 돌아오지 못할 것이라는 막연한 생각을 하면서 텅 빈 둥지를 올려다보곤 했다.

까치는 생김새도 귀엽지만 통신시설이 거의 없던 시절에는 사립문 밖에서 아침 까치가 울면 반가운 손님이 온다는 속설이 있었다. 또한 음력 칠월 초가 되면 하늘로 올라가서 견우와 직녀가 만날 수 있도록 은하수에 오작교(烏鵲橋)를 놓느라 머리가 빠진다는 전설도 있다.

내게도 까치는 추억 어린 새이다. 일곱 살 전후였을까. 아침 까치가 사립문 위에서 울어대면, 무릎 위에 나를 앉히고 계시던 할머니는 "오늘은 네 애비 소식이라도 올려나." 하고 반가워하셨다. 그날은 일손을 놓으시고 동구(洞口) 쪽만 바라보셨다. 그럴 때면 나도 아버지가 오실 것 같은 생각에 젖곤 했다. 하루는 멀리 시집갔던 고모가 떡 동구리를 옆에 끼고 사립문을 들어섰다. 할머니는 반갑게 마중하시면서, 오늘 아침 까치가 울더니 네가 왔구나

하시던 모습이 아련하다.

그렇게 정겨웠던 까치. 내가 막연히 기다렸던 그들이 드디어 비었던 둥지로 찾아들었다. 졸지에 집을 잃고 울면서 찾아 헤매다가 여기까지 왔는가. 수천 리씩이나 이동하는 철새들의 특이성을 감안하면 까치도 그 유전자를 간직하고 있겠지 하는 확신이 선다. 주위를 맴돌며 짖어대는 까치부부의 소리는 맑고 활기에 차 있다. 마치 "인간들이 우리 집을 빼앗아 옮겼지만, 우리는 이렇게 찾아왔노라. 그동안 당신이 마음 써준 것에 감사한다. 이제는 그들을 용서하여라." 하는 소리로 들린다. 마음 한 구석에 도사리고 있던 미움이 누그러졌다.

싱그러운 봄 물결이 대지를 수놓은 아침. 맑은 공기를 허파에 듬뿍 담고 돌아서는 발길이 가볍다. 까치들이 또 만나자는 신호를 보내는 듯, 등 뒤에서 짖어댄다. 내게도 반가운 손님이 오려나? 현관문을 들어서면서 생각하니 오늘은 흩어져 살던 가족들이 모여 점심을 하기로 한 날이다. 예쁘게 자라는 손주들보다 더 반가운 손님이 내게 또 있을까.

(2014.)

두고 온 나무

선산에 할아버지 내외분과 슬하 자손들을 모시고 있다. 성묘 가는 날은 언제나 숙연해진다. 양지바른 묘정에는 반송, 주목, 배롱, 동백나무들이 자라고 있다. 나는 그 나무들 중에서도 오엽송 한 그루에 더 많은 정을 쏟는다. 웃자란 가지와 삭정이도 잘라주고, 파란 잎 위에 올라앉은 마른 잎이나 이물질들도 깨끗이 털어 준다. 나무를 어루만지며 그동안 잘 있었는지도 묻는다. 오엽송 곁에는 십여 년 전에 러시아 사할린에서 유해로 모셔온 아버님이 잠들어 계신다.

이 오엽송은 할아버지의 제자들이 경모비(敬慕碑)를 세울 당시 고향의 군(郡) 향교에서 기념으로 심은 나무다. 옮겨 심을 때에도 수형이 좋았지만 지금은 더 푸르고 자태가 아름답다. 사할린의 공동묘지에 '두고 온 나무'와 같은 상록수종에다 높이와 수형도 많이 닮았다. 그 나무를 대할 때면 이역만리 타향에서 비명횡사하신 아버지 생각과 두고 온 나무가 묘하게 겹쳐져서 나를 다시 그곳으로 데려가곤 한다.

왜정 말기에 사할린의 탄광으로 강제 동원되었던 아버지는 해방 후에도 돌아오지 못하고 젊은 나이에 당한 불의의 사고 후유증으로 병사하셨다. 우리 가족은 해방이 되면 아버지가 돌아올 것이라 애타게 기다렸지만, 동·서 냉전이 격화되면서 '철의 장막'은 모든 희망을 끊어버렸다. 그 암흑의 터널은 깊고 길기만 하였다. 사십여 년 간 지속된 냉전이 해빙 무드를 맞으면서 러시아와의 국교가 정상화되고 아버지 소식도 듣게 되었다. 그런데 살아 계시다는 기쁜 소식이 아닌 벌써 오래 전에 돌아가셨다는 슬픈 소식이었다.

여섯 살 어린 나이에 아버지와 헤어져 외아들로 자란 나는 돌아가신 후 사십여 년이 지나서야 사할린 북방의 어느 공동묘지를 찾아 아버지 묘에 참배하였다. 그 묘지는 흙먼지가 풀풀 날리는 비포장도로 옆 자작나무 숲속에 있었다. 진입로조차 변변치 못하였다. 음습한 진흙과 관목 사이를 비집고 들어가자 엉성한 철책들로 둘러싸인 무덤들이 듬성듬성 있었다. 무덤마다 연고자들만이 알 수 있는 간단한 표식들이 있었는데, 그 중의 아버지의 묘에는 생졸(生卒) 연도가 기록된 화강암 비석에 그 옛날 내게 보냈던 그리운 사진이 음각되어 있었다. 바로 그 옆에서 어른 키 두 배는 족히 될 상록수 한 그루가 잠드신 아버지 넋을 지키고 있었다.

달 밝은 밤이면 외로운 원혼이라도 나무 밑에 나와서 노닐라고 아버지 친구들이 심은 것이라고 하였다. 자작나무 숲에 둘러싸인 채 유난히 푸르고 고결(高潔)했던 그 나무가 그 춥고 음습한 곳에서 아버지의 외로운 영혼을 보듬고 위로했을 것이라 생각하니 가슴이 더욱 아려왔다.

나무의 수종은 알 길이 없으나 캄차카의 매서운 추위로 얼어붙은 십이월의 동토에 옮겨 심은 어린 나무가 튼실하게 뿌리를 내리고 잘 자라준 것이다. 그토록 강인하게 자란 나무를 보면서 어머니가 들려주시던 아버지의 강인한 모습과도 닮았다고 느꼈다. 그 나무는 아버지의 영혼목이 되어 나를 맞아주었던 것이다.

아버지의 영혼을 위로했던 사연 깊은 나무를 옮겨 올 수가 없어서 홀로 남겨둔 채, 아버지의 유해를 봉환하였다. 그러나 두고 온 나무에 대한 고마움과 미련은 여전했다. 지금도 주인을 떠나보내고 공동묘지에 홀로 있을 그 나무를 생각하면 늘 마음이 아리다. 탈 없이 자라고 있는지, 자라고 있다한들 거기에 얽힌 기막힌 사연을 누가 알겠는가. 그저 자작나무 숲에서 자생한 한 그루 상록수로나 치부하겠지. 돌볼 영혼을 잃고 실의에 빠져 있지는 않을까 만감이 뒤엉킨다.

그 나무에 대한 그리움과 속죄하는 마음으로 나는 이 오엽송에 각별한 애정을 쏟는다. 오엽송 밑에 앉아 있노라면 고난과 역경을 겪었던 가족사가 환영이 되어 나를 사로잡는다. 젊은 나이에 동토의 이국땅에서 망향의 한을 품고 돌아가신 아버님과, 서로를 의지하고 살아가던 젊음들이 졸지에 친구를 잃고 나무 한 그루를 심어 위로했던 그 파란 마음들이 어른거린다. 동시에 청상(靑孀)으로 수절하시면서 숭고한 모정과 강인한 정신력으로 자식 하나에 열정을 쏟으셨던 어머니의 일생이 목에 걸려 가슴이 저리다. 긴 겨울 밤 새벽닭이 울면 어김없이 사서오경(四書五經)을 외우시던 할아버지의 글소리가 자식을 찾는 음성으로 환청되고, 청빈한 한학자의 부인으로 품위를 잃지 않으시고 돌아오지 않는 아들을 기다리느라 눈가까지 빨갛게 짓무르셨던 할머니의 애태우던 모습도 가까이 다가오는 듯하다.

산을 내려올 때면 언제나 오엽송을 어루만지며 말을 건넨다. 이 묘지에 잠든 영혼들과, 사할린에서 망향의 한을 품고 시들어간 외로운 영혼들, 거기에 '두고 온 나무'도 함께 생각하여 달라고….

(2013.)

오늘이 있기에

온 몸에 따뜻한 김이 모락모락 피어오른다. 전철역을 향해 걷는 발걸음이 가볍다. 목욕탕을 나와서 3호선 전철 정발산역까지는 일산에서 가장 아름다운 거리다. 늦가을의 따뜻한 햇살을 온 몸에 받으면서 이 거리를 걷노라면 콧노래가 절로 나온다.

길 오른편에는 비교적 나지막한 공공건물들이 자리 잡고 있다. 지방 도시의 건축물들이지만 외관이나 스카이라인이 아름답다. 보도에는 황금빛 은행잎들이 소복이 쌓이고 정발산 자락에서 흘러내린 단풍들은 아침 햇살을 받아 반짝인다. 예술의 전당격인 아람누리 주변에는 공연을 알리는 광고물들이 눈길을 잡아당긴다. 브로드웨이 44번가, 러시아 볼쇼이 발레단의 지젤, 백조의 호수, 호두까기 인형, 맘마미아… 광고물들만 보아도 가슴이 설렌다.

이윽고 전동차에 오르면 내가 앉을 자리는 비어있다. 교통약자 배려석을 운영하는 당국이 내심 고맙다. 자리에 앉아서 수필집을 꺼내드는 맛 또한 여느 때와 다르다. 읽는 문장들이 머릿속에 잘 들어오는 느낌이다.

수필 교실에 가는 목요일 아침은 언제나 발걸음도 이렇게 가볍고 기분이 상쾌하다. 수필에 해박한 학식과 조예를 갖춘 지도 선생님의 강의와 이를 경청하고 열띤 합평을 하는 문우들의 열기로 교실 안 분위기는 뜨겁다. 문우들의 설익은 합평도 때로는 평론가 못지않게 예리하다. 정곡을 집어내는 선생님의 종합 강평은 경이롭기까지 하다. 어설픈 구성은 바로잡아 튼실해지고 군더더기는 가차 없이 발라낸다. 걸맞지 않은 어휘는 적확한 말로 바뀐다. 서두와 결미까지 정리하고 나면 훌륭한 수필 한 편으로 탈바꿈된다. 그럴 때면 가슴속까지 시원하다.

나는 타고난 글재주가 없다. 젊어서는 바쁘다는 핑계로 글 읽기와 쓰기를 멀리했다. 나이가 들고 보니 허송한 세월이 한스럽기만 했다. 그래도 손주들에게 무엇인가 남기기 위해 글을 쓰고자 마음에 두고 있을 무렵, "좋은 수필 교실이 있으니 지금이라도 연마해 보라"는 선배 문우의 추천으로 수필 쓰기에 입문하였다. 처음 맛본 '수필 쓰기'는 새로운 나를 발견하는 계기가 되었다. 좋은 수필을 많이 읽고, 많이 쓰고, 많이 생각하는 것이 글쓰기의 요체라는 것을 알았다.

신선한 충격이었다. 이 교실에서 열심히 공부하면 나도 글 한

줄은 쓸 것 같은 희망의 싹이 돋아났다. 함께 공부하는 문우들도 타고난 소질의 차이는 있겠지만, 나와 크게 다르지 않았을 것이란 생각에 용기가 생겼다.

벌써 4년을 훌쩍 넘긴 지금은 글을 쓸 수 있다는 자신감보다는 좋은 수필을 많이 읽을 수 있는 계기가 되어서 즐겁다. 훌륭한 지도자를 만났으니 보람되고, 좋은 문우들과 교류하게 됨이 즐겁다. 이런 점들이 글쓰기의 첫 단추가 아니겠는가. 첫 단추를 잘 꿰었으니 다음 단추도 잘 꿸 것이라는 믿음이 강해진다.

그동안 기성 작가들의 글과 문우들이 발표한 글에 대한 평을 유심히 지켜봤고, 지금도 선생님의 정곡을 찌르는 강평과 퇴고 과정을 익히면서 글쓰기의 훈련이 지속되고 있다. 끝나는 시간은 언제나 아쉽다. 그래도 다음이 있으니 즐겁다. 이어지는 점심시간은 또 다른 의미를 나에게 안겨준다. 이제까지 경험하지 못했던 분들과의 만남과 담소가 색다르다. 밥을 먹으면서도 글쓰기에 관한 이야기는 이어진다. 문학에 열정을 가진 분들과의 교류가 얼마나 참신한가. 젊어서 느껴보지 못한 세계가 나에게 찾아 온 것이다. 그 자리에서 항상 먼저 일어남이 송구스럽고 미안하다. 나를 기다리는 할머님과 할아버님들을 뵙기 위한 일이니 어쩌겠는가.

자리를 뜨면 다음 시간에 늦을세라 종종걸음으로 버스 정류장을 향한다. 신촌의 유명한 대학거리 연세로. 이제는 입구에서부터 교문까지가 잘 정돈되어서 좋다. 언젠가 걸었던 독일의 하이델

베르크 대학 거리를 연상하지만, 주변의 상점들이 지나치게 상업적이어서 좀 불만스럽다.

부지런히 돌아가는 곳은 일산의 '노인종합복지관'이다. 거기서 어른들을 대상으로 벌써 9년째 서예를 지도하고 있다. 80세 전후 노인들의 열기를 저버릴 수 없어 봉사를 지속한다. 오전에는 학생이지만 오후에는 나도 '젊은 선생님'이다. 언제나 시작 시간에 쫓기듯 강의실에 들어서면 환영 일색이다. 그 분들을 뵐 때면 저 세상에 계신 어머님 모습이 어른거린다. 어머니도 90이 다 되실 때까지 서화를 익히면서 소일하시지 않았던가.

목요일은 이렇게 행복감으로 충만한 하루다. 공자께서는 "배우고 익히니 즐겁지 아니한가"라고 설파하셨지만, 배우고 익힘에 더하여 가르치는 기쁨까지 누리니 그 이상의 행복을 어디서 찾을 것인가. 오늘이 있기에 한 주일이 언제나 즐겁다. 이 끈을 놓칠세라, 아침 일찍 따뜻한 햇살을 온 몸에 받으면서 활기차게 걷는다.

(2015.)

그 밤의 성찬

초가지붕 위에 핀 박꽃이야기를 어느 수필집에서 읽었다. 박꽃은 내게도 정겨운 꽃이다. 그 꽃은 볏짚 이엉이 삭아가는 초가지붕 위에서 피어야 제멋을 낸다. 꽃잎 위에 내린 이슬이 달빛에 반사되면 그 청초함은 조선 백자와도 같이 담담(淡淡)하다.

그런 박꽃을 이제는 흔히 볼 수 없어 아쉽다. 더구나 초가지붕 위에 피는 박꽃은 찾아보기 힘들다. 그것은 바가지가 우리네 일상 용기에서 사라진 지 오래고 초가지붕도 없어졌기 때문이다.

그해 여름, 우리 집 지붕 위에는 박 넝쿨이 탐스럽게 올라갔다. 아마도 내가 이른 봄부터 공들였던 결과였을 것이다. 구덩이를 깊이 파고 어머니도 모르게 거름을 듬뿍 주고 박씨를 심었다. 그러니 지붕을 덮은 넝쿨에서는 꽃도 많이 피고 박들이 주렁주렁 열렸다. 그 박꽃들이 내 인생의 진로를 바꾸는 전조(前兆)였을까.

어린 나는 할아버지의 서당에서 한학을 공부하면서, 어머니를 도와 농사일을 하고 있었다. 할아버지는 내가 한문 공부를 하고 고향을 지키면서 살기를 바라셨다. 소위 신학문은 서양 오랑캐들이나 하는 것이니 학교에 가는 것은 안 된다는 것이 그분의 지론이셨다. 그러나 어머니와 나의 생각은 달랐다. 학교를 가야 이 지독한 가난과 정체된 농경사회를 벗어날 수 있다고 믿고 있었다.

6·25전쟁이 발발한 후, 어머니는 나를 학교에 보낼 결심을 굳히시고 여러 차례 할아버지께 말씀드렸고 나 또한 학교에 가기를 원했다. 할아버지는 그해 여름 어머니의 간절한 진언과 주위의 의견을 받아들여 나를 학교에 보내도 좋다고 허락하셨다.

보름달이 밤하늘에 밝게 떠오르던 그 여름 밤. 지붕 위에 활짝 핀 박꽃들은 달빛을 받아 마치 백조들이 군무를 추는 것처럼 살랑이고, 밀물 때가 되어 밀려오는 조수(潮水)가 갯바위에 부딪히는 소리는 조용한 밤에 메아리가 되어 귓전을 은은하게 울렸다. 마당에는 큰 멍석이 깔리고 적당히 마른 풀단을 태우는 모깃불에서는 풀 냄새와 함께 연기가 모락모락 피어오르고 있었다. 하늘과 땅과 바다가 우리를 축복하는 것 같은 밤이었다.

어머니는 외아들이 할아버지 품에서 벗어나 학교라는 신천지로 가게 되었음을 알리고 싶은 마음에서 집안 어른들을 저녁에 초대하셨다. 그 날의 밥상은, 요즘 말로 표현하면 완전한 유기농산물과 자연산 해물로 마련되었다. 어머니는 우리 모자가 가꾸어 거둔 밀을 맷돌에 갈아 가루를 내어 반죽하고 홍두깨로 얇게 밀고 썰었다. 여기에 보름 썰물이 서해 멀리까지 나간 끝자락에서 손수 캐온 씨알 굵은 바지락을 듬뿍 넣고 칼국수를 끓이셨다. 국수는 큰 질그릇에 가득 담겨 나왔고, 콩밭 이랑 사이에서 자란 열무로 담근 김치가 곁들여졌다. 두레상에 둘러앉은 어른들은 몇 그릇씩이나 비우며 어린 나를 두고 장래에 대한 덕담도 많이 나누셨다.

그 밤의 상차림은 비록 소박하였지만 어머니가 아들의 앞날을 축복하면서 차릴 수 있는 최선의 성찬이었다. 할아버지는 곁을 떠난 아들과 또 곁을 떠날지도 모르는 손자 생각이 겹쳐서 마음이 편치만은 않으셨을 텐데도, 서운한 마음은 숨기신 채 내가 학교에 가서 처신할 교훈적인 말씀과 신교육을 받더라도 예도(禮道)를 잃지 말라고 타이르셨다. 나는 그 말씀들을 가슴 깊이 새기면서 결코 잊지 않으리라 다짐하였던 자리이기도 했다.

달이 중천에 뜨고 모깃불도 삭아들 즈음 어른들은 한 분 두 분 집으로 돌아가셨다. 달빛도 그대로이고 박꽃도 여전했지만 우리 집은 다시 적막해졌다. 그 밤도 할머니는 큰댁에 가시지 않고 우리 모자와 함께 주무셨다. 그 즈음에 할머니는 밤에 오셔서 우리를 지켜 주시고 다음 날 식전이면 큰댁으로 가시곤 했던 것이다.

어머니의 자식 교육은 아주 엄격하셨다. 거짓말을 하거나 남의 것을 불의로 탐내는 일은 추호도 용납하지 않으시고, 만일 행동이 엇가기라도 하면 회초리를 들고 엄히 꾸짖으셨다. 말씀보다는 몸소 실천하심으로써 인성(人性)을 터득하게 하셨으나 자식이 나아

갈 길을 개척할 수 있는 자주정신은 철저히 길러 주신 분이셨다. 그러한 어머니도 그날 밤에는 인자하시고 따뜻한 가슴으로 나를 품으셨다.

아들의 장도(壯途)를 위해 칼국수 만찬을 준비하셨던 어머니. 더 넓은 세상에서 새로운 문명과 신교육을 받게 될 아들에 대한 기대가 얼마나 크셨을까. 동량지재(棟梁之材)가 되기를 바라셨을 그분은 나를 위한 최선의 삶을 사셨다.

그러나 나는 세상을 넓게도 깊게도 보지 못한 채 평범한 삶으로 오늘에 이르렀으니 송구하기만 하다. 어머니의 손맛이 우러난 칼국수도 박꽃이 하얗게 핀 달밤도 이제는 대할 수 없지만, 영상처럼 떠오르는 어린 시절에 잠시나마 머무를 때면 가슴 한 구석이 따뜻해 온다.

(2012.)

영혼이라도 왕래하소서

"알로!" 전화를 걸면 상대방에서 들려오는 반가운 음성. 그럴 때면 얼른 "여보세요."라고 대답한다. 저편에서는 "오빠요?" 하는 서툰 한국말이 들려온다. 우리 남매간의 통화는 늘 이렇게 시작된다. 서로 반갑게 안부를 묻고 인사를 나누지만, 끊고 나면 언제나 가슴이 아리다.

상대는 러시아 사할린에서 태어난 하나뿐인 여동생이다. 그는 '철의 장막' 안에서 태어나 캄차카에서 불어오는 시베리아의 모진 추위와 배고픔, 이 민족에 대한 멸시를 받으면서도 굳건히 자랐다. 생모의 헌신적인 뒷바라지로 지금은 어엿한 사할린 정부의 고위 관리로 근무하고 있는 당당한 러시아의 중견 공무원이다.

그의 생모는 속초에서 태어나서 열네 살의 어린 나이에 가족과 함께 사할린으로 갔다. 일제 강점기 모진 가난을 피해서 고향을 떠났다가 돌아오지 못한 채 러시아 땅에서 생을 마감하셨다.

그분은 태평양 전쟁에서 일본의 패전과 구소련의 본토 회복, 남편의 시베리아 전범수용소 행, 재혼, 사별 등 여인으로서 감내하기 힘들었던 질곡의 세월을 온몸으로 이겨낸 철의 여인이다. 사할린에서 한국인과 결혼한 그는 일본이 패전하자 남편은 악명 높았던 시베리아 전범수용소로 끌려갔다. 세 살짜리 딸을 데리고 졸지에 혼자되었다. 몇 년이 지나면서 남편이 수용소에서 죽었다는 소문이 돌았다. 살기가 막막해지면서 귀국길이 막힌 아버지를 만나 재혼하였다. 재혼 기간도 잠시, 아버지마저 불의의 사고로 얻은 병이 악화되어 저 세상으로 떠나시면서 또 하나의 어린 딸이 남겨졌다. 그런 환경에서도 아버님의 궤연(几筵)을 일 년 동안이나 집안에 모시고 아침저녁으로 상식(上食)을 했다는 이야기를 듣는 순간 가슴이 뜨거워졌다.

세 모녀는 입을 것은 고사하고 먹을 것조차 궁핍했다. 여인은 인근의 목재소에서 노동을 시작했는데 건장한 남자도 버티기 힘든 중노동의 연속이었다. 십여 년이 지난 뒤에 죽었다던 전남편이 반신불수가 된 채 돌아왔다. 불구된 남편까지 보살펴야 했으니 생활은 더욱 고되었을 것이다. 두 아이가 더 태어났다. 딸린 식구는 이렇게 불어났다. 그런 고난 속에서도 자식 교육열이 강한 어머니였다. 동생을 모스크바 법정대학까지 유학을 보냈다. 매년 우리 아버지 제삿날이면 술과 안주를 마련하여 제사를 지내고 설과 추석에는 성묘도 잊지 않았다고 한다. 또 아버지가 남긴 유품과 병원 기록 등 생사에 관련 자료들도 꼼꼼히 챙겨서 딸에게 안겨 주면서, 언젠가 "한국과 왕래가 되면 너의 오빠가 꼭 찾아올 것"이라는 희망도 심어줬다. 나에게는 참으로 고마운 또 한 분의 어머님이시다.

1990년, 드디어 한국과 구소련 간에 국교가 정상화되었다. 꽉 막힌 길이 뚫렸다. 그러나 아버지 소식만은 여전히 감감했다. 생사조차 알 길이 없었던 어느 날, 고향 큰댁에 낯선 주소의 편지 한 통이 배달되었다. 사할린의 여동생이 보낸 천금과도 같은 편지였다. 한국말로 편지를 쓸 수 없어서 이웃 한인 동포에게 부탁하여 사연을 구술하고 대필시켰노라고, 편지 끝에 쓰여 있었다.

그렇게 해서 돌아가신 지 이십칠 년, 집 떠나신 지 사십여 년 만에 아버지를 찾았다. 그것도 돌아가셨다는 허망한 소식으로 돌아오신 것이다. 불효막심한 이야기지만 눈물도 나지 않았다. 벌써 이십여 년째 아버지 생일에 제사를 모시고 있었으니, 생사를 안 것만이 그저 다행이라는 생각이 들었다.

사할린으로 갔다. 동생을 만났다. 그 곳 어머니와 동생의 다른 가족들도 나를 반갑게 맞아주었다. 동토의 공동묘지에서 신음하셨을 아버지 묘소에 참배했다. 그러나 유해를 모시고 가겠다는 말은 차마 입밖에 내지 못했다. 삼십여 년 동안 그곳 어머니와 딸이 정성을 다해 모신 아버지를 내가 무슨 염치로 바로 모시고 오겠는가. 뒷날을 기약하고 빈손으로 돌아오니 노경의 어머님은

섭섭한 기색이 역력하셨다. 가까운 장래에 다시 사할린에 가겠다는 위안의 말씀으로 진정시켜 드렸다.

사할린 동포 고국방문단의 일원으로 사할린 어머니가 한국에 오셨다. 두 분 어머니의 만남도 이루어졌다. 그분은 어머니 앞에 예를 다하면서 "미안합니다."라고 떨리는 음성으로 사죄하였다. 어머니는 시대가 우리를 이렇게 만들었다고 하시면서 담담하게 그분을 포옹하였다. 두 분의 만남은 비록 어색하고 애처로웠지만 현실을 받아들이는 모습은 어느 영화의 한 장면과도 같이 감동적이었다.

사할린을 방문한 지 몇 년이 지나면서, 어머님께서 더욱 연만하시니 어찌하겠는가. 아버지 유해를 봉환하기 위해 사할린에 갔다. 러시아의 까다로운 유해 봉환 절차는 현지 주정부 관리인 동생이 맡아서 깔끔하게 마무리하였다.

공동묘지 한 모퉁이에 임시로 마련된 화장 시설. 활활 타오르던 자작나무 장작불이 꺼지고, 잿더미 위에서 유골을 수습하면서 만감이 교차했다. 참았던 슬픔이 한꺼번에 밀려와서 동생도 울고 나도 통곡했다. 내 일생에 그렇게 울어본 적이 없는 것 같다. 손이 사시나무처럼 떨렸다. 나는 차마 아버지 유골을 다 수습할 수가 없었다. 비록 작은 가루들이었지만 조금은 사할린 땅에 남겨두었다. 거기 계시면서 사할린의 가족도 보살피시라는 순간적인 마음이 유골을 수습하던 내 손을 멈추게 했다.

우리 남매는 유해를 가슴에 품고 한국행 비행기에 탑승했다. 아버님의 영혼이 계시다면 두 나라를 자유롭게 왕래하면서 가족들을 보살펴 주실 것만 같아서 여동생에게 조금은 위안이 될 것 같다.

(2015.)

제2부

두물머리의 가을

우리 집 천신(薦新)

“파란 가을하늘에는 몇 조각 뭉게구름이 한가롭다. 연보랏빛 탐스런 수수 이삭들이 일제히 고개를 숙인 채 가을바람에 넘실거리는데 수수밭에 참새 두 마리가 군침을 흘리며 앉을 자세를 취한다. 몇 개의 허수아비들이 비스듬히 누워서 졸고 있다.”

이것은 실제의 풍광이 아니라 어머니가 남기고 가신 그림 한 폭에 담긴 가을 풍경이다.

어머니는 젊은 날에 자식 하나를 뒷바라지하기 위하여 농삿일과 길쌈, 옷감 장사 등 당신이 하실 수 있는 모든 일을 하신 분이다. 그런 어머니께서 만년에 접어들면서 서화(書畵)에 몰두하셨다. 남기신 글씨를 보면 획 하나하나에 정성을 다하신 흔적이 배어 있고 사군자나 풍경화에는 사실에 접근해 보려는 붓놀림이 역력하다. 돌아오지 않는 아버지에 대한 그리움과 기다림을 서화로 달랬다는 것을 감지할 수 있는 작품들이다. 언제 보아도 가슴 뭉큼한 수수밭 그림은 오곡백과가 익어가는 이맘 때 보면 감회가 더욱 새롭다.

가을이 되면, 뜰아래 텃밭에서는 우리 모자가 열심히 지은 농작물들이 탐스럽게 익어가곤 했다. 콩밭 이랑 사이에 심은 수수는 이삭들이 제 무게를 못 견뎌서 고개를 떨어뜨린 채 산들바람에도 흔들리던 모습이 아련하다. 이때가 되면 으레 참새 떼들이 몰려들어 익어가는 수수를 쪼아 먹는다. 수숫대가 바람에 흔들림에 따라 날기를 반복하던 참새 모습들이 귀엽기까지 했다.

어머니가 남기신 그림을 보면서 이 가을에 먼저 떠오르는 생각은 정작 다른 데 있다. 그것은 어머니의 끝없는 기다림이었다. 당시의 농촌에는 천신(薦新)이라는 풍습이 있었다. 아직 덜 익은 벼를 털어서 솥에 찌고 말려서라도 햅쌀을 만들고, 그 쌀로 밥을 짓고 떡을 빚어서 신에게 바치고서야 햇곡식을 먹는 풍습이다. 가난한 농촌에서 봄에 초근목피로 보릿고개를 넘기고, 여름에는 보리와 잡곡으로 연명하다가 가을에 이르러서야 천신이라는 형식을 거친 후에야 쌀밥을 먹기 시작하였다. 어찌 보면 가난했던 그 시절 천신은 쌀밥을 먹기 위한 통과의례였고 그래서 아이들은 너나없이 자기 집 천신 날을 손꼽아 기다렸다. 쌀밥을 먹고 난 아이들의 얼굴에도 점점 생기가 돌기 시작하였다.

그런데 우리 집에서는 언제나 천신이 뒤로 미뤄지곤 했다. 어머니는 일 년 중 언제라고 아버지를 기다리지 않는 날이 없으셨겠지만, 가을이면 더욱 간절히 기다리신 것 같다. 그도 그럴 것이 일년 농사를 기다림 속에 지었으니 천신이라도 함께하고 싶으신 간절한 소망이었을 것이다. 나는 그런 어머니 마음을 짐작은 하였지만 친구들의 천신 자랑을 들으면 빨리 햅쌀밥이 먹고 싶어 투정도 부렸다.

어머니는 추석도 지나고 가을걷이가 거의 끝나갈 무렵에야 날을 잡으셨는데 대개 음력 초열흘께로 기억된다. 그날이 되면 집 안팎의 청소는 물론, 목욕재계도 하시고 깨끗한 소복으로 갈아입으셨다. 추수한 햅쌀로 떡을 찌고 소박한 제수를 정성껏 준비하셨다.

어머니는 지신, 산신, 해신 등 모든 신에게 제를 올리고 축원을 하셨다. 그 중의 백미는 바다의 용왕께 드리는 천신이었다. 용왕제에는 별도의 떡시루 하나가 특별히 더 준비되었다. 집 안팎에서의 제를 마치고 나서 우리 모자는 그리 멀지 않은 바닷가로 이동하였다.

바다로 가는 오솔길은 달빛이 밝혀 주었다. 길가에서는 풀벌레들의 울음소리가 애잔하였고, 바닷가에 이르면 갯바위에 부딪치는 소리가 정적을 깼다. 바닷물이 밀려오면서 삼켰던 조약돌을 뱉어내는 소리는 스산하기까지 하였다. 그러나 서쪽 하늘 끝자락으로 비껴선 달빛은 바다 위에 반사되어 멀리 용왕님께로 가는 은빛 길을 선명하게 내주고 있었다. 어린 나도 그 은빛 길 저편 깊은 바다 속에는 화려한 용궁이 있고 거기에 용왕님이 계실 것으로 믿었다.

소복으로 단정하게 차려입으신 어머니가 용왕님께 극진히 축원하신 후에 모자가 함께 절을 하였다. 멀리 바다를 향해 떡 몇 덩이를 던지는 것은 내 몫이요, 근처 너럭바위 위에 남은 떡을 올려놓는 것은 어머니가 하시는 일이었다.

왜 어머니는 바다의 신에게 더 많은 정성을 쏟으셨을까. 그것은 일제강점기에 징용되신 아버지가 해방 후에도 못 돌아오시니, 천지신명께 아버지의 안녕과 무사 귀국을 바라시는 간절한 축원이었다. 아울러 아득한 바다를 건너 돌아오시는 길이 평탄하도록 해달라는 깊은 소망이셨을 것이다.

지금도 어머니의 수수밭 그림을 보노라면 애절한 기다림과 가을 천신에 온 정성을 다하시던 어머니 모습이 선명하게 떠오른다. 그분은 노년에 무슨 생각을 하시면서 저 그림을 그리셨을까. 단순히 가을 풍경을 남기기 위해 구상하신 것은 분명 아닌 성싶다. 가을이 되면 더욱 애타게 아버지를 기다리셨던 젊은 날을 회상하시면서, 텃밭에서 일렁이던 수수밭에 당신의 마음을 담아 한 폭의 그림으로 남기셨을 것이다.

참새는 왜 두 마리였을까. 그 두 마리 참새는 분명 부부참새인 것 같다. 한여름의 따가운 햇볕 아래에서 아버지를 기다리면서 지은 농사. 가을이 되어 탐스럽게 여물어 일렁이는 들판 위에 아버지를 초청하신 것이리라. 그토록 간절하심이 헛되지 않았는지 아버지는 한 줌의 재로 돌아오시어 선산에 봉헌되고 몇 년 후 어머니도 그 곁으로 가셨다.

이제는 육신도 곁에 계시니 영혼도 늘 함께 하실 것이다. 두 분이 손을 잡고 하늘나라에서 훨훨 날기를 바란다.

이승에서 못 다한 정을 저승에서라도 영원토록 누리시는 내세를 상상한다.

(2012.)

두물머리의 가을

어느 여인의 국정농단 파문으로 온 나라가 시끄럽다. 대통령이 연루됐다는 정황이 밝혀지면서 시끄러움은 끝이 보이질 않는다. 대통령이 두 차례나 국민 앞에 사과했지만 분노한 촛불은 더욱 거세게 타오른다. 일부 정치권에서는 기회를 잡은 듯 대통령의 즉각 하야를 외치면서 타오르는 불길에 기름을 붓고 있다. 언론들은 있는 일 없는 일을 그럴 듯하게 부풀리면서 연일 온 국민의 말초신경을 자극한다.

주말을 맞았지만 집에 한가롭게 있을 수가 없다. 대통령의 즉각 하야를 외치는 백만 촛불 집회가 광화문광장 등 전국에서 있을 것이란 예보다. 벌써 네 주째 계속이다. 글을 쓸 수도 없고, 그렇다고 책도 손에 잡힐 것 같지 않다. 주말에 즐기던 등산도 심드렁하다. 그래서 생각한 것이 조선의 실학자 다산 정약용 선생의 유적지가 있는 두물머리다. 다산의 영혼이라도 만나면 무슨 계시가 있지 않을까. 막연한 생각이 등을 떠밀었다.

두물머리의 초겨울 날씨는 좀 을씨년스럽다. 유유히 흐르는 남한강과 북한강의 두 물줄기가 내 품으로 안겨온다. 강은 예나 다름없이 평온하다. 마음이 한결 푸근해진다. 그러나 계절의 변화는 어찌할 수 없나보다. 강변의 탐스럽던 갈대숲은 앙상하게 말랐다. 씨앗을 떨어뜨린 꽃술만 하얗게 흔들거리고 있다. 왕성한 푸름과 청결을 자랑하던 연꽃 밭에도 모든 것이 사위어서 잔재들만 진흙탕에 널브러져 있다.

휑한 연밭 한 가운데에 해오라기 한 마리가 서서 두리번거리고 있다. 물고기들도 겨울을 지내려고 강 속 깊숙이 들어갔을 테니 주위에는 먹을 것도 없을 것이다. 깊어가는 겨울이 걱정스러운 모양이다. 석양빛을 받으면서 서성이는 모습이 한없이 외로워 보인다.

해오라기를 보는 순간, 한때 유력한 대권주자 물망에도 올랐던 법조계 인사의 성난 목소리가 귓전을 때린다. 그 인사는 그 어렵다는 고시를 몇 개씩이나 합격하여, 시험으로 대통령을 뽑는다면 능히 합격할 수 있는 머리를 가졌다고 했던 사람이다. 어느 종편 TV에 출연하여 듣기에도 민망하고 섬찍지근한 말을 여과 없이 토해냈다.

그는 백만 촛불에 포위된 청와대를, 병자호란 당시의 남한산성에 비유했다. 청나라의 홍타이지가 조선을 침공하자 인조는 남한산성으로 피신하여 항전하였다. 청군의 포위로 인한 굶주림과 추위, 왕실이 피난한 강화도의 함락, 남한산성의 포위를 풀기 위한 근위병의 작전 실패 등으로 더 이상 버틸 수가 없었다. 인조는 항전 45일 만에 삼전도에 나아가 청장(淸將)에게 항복했다. 우리에게는 치욕적인 역사다. 그는 이 뼈아픈 역사를 이야기하면서 대통령을 즉각 하야하라고 겁박했다.

식자우환인가. 선지자인가. 그는 민주국가는 법치국가라는 사실을 너무 잘 아는 법조인이다. 법은 만민 앞에 평등하다는 것을 모르지 않는 사람이다. 그런데, 아직은 혐의만 있는 특정인을 당장 내려오라고 하다니 말이 되는 소리인가. 특히 국가 원수의 거취는 그 절차가 헌법에 엄중하게 규정되었다고 한다. 차분히 합리적인 해법을 내놓으면서 건설적인 사태 수습 방안을 내놓아야 할 사람이 화약고에 불을 던지고 있었다. 모골이 송연해졌다.

나는 4·19세대다. 대학생의 제복을 입고 데모대에 합류하여 대통령을 물러나라고 외쳤다. 당시 중앙청 앞과 서대문에 있었던 부통령 집을 에워싸는 대열에 합류하기도 했다. 대통령은 물러났다. 다음에 세워진 정권은 무능했다. 정치권은 권력 다툼에 혈안이 되었고 나라는 온통 '데모 공화국'으로 변했다. 헌정은 결국 중단되었다. 그러한 고난과 역경을 넘고 넘어서 오늘에 이른 것이 우리나라다. 경제 규모는 세계 10위권을 맴돌고 있지만 정치는 여전히 후진성을 벗어나지 못하고 있다. 이 극도로 혼란한 사태를 졸속으로 해결하는 것은 얼룩진 역사의 전철을 밟지 않을까 두렵다.

대통령은 취임사에서 "국헌을 준수하고…"를 선서한다. 헌법을 어겼다면 반드시 그에 상응하는 벌을 받아야 한다. 법을 어겼는지는 국민의 촛불이 아니라 법의 심판으로 결정되는 것이다. 단지 국민의 분노만으로 단죄할 수는 없다. 어쩌다 국헌을 문란하게 했다 해도 앞으로 예견되는 더 큰 혼란을 최소화할 책무도 그에게는 있다. 이러한 일이 또 일어나지 않도록 지혜를 모아 불행의 씨앗을 잉태하는 단초를 없애야 할 것이다. 그래야 국민들은 다음의 국가 지도자를 마음 놓고 뽑지 않겠는가. 이것이 위기를 기회로 승화시키는 현명한 국민이며 성숙한 민주국가로 가는 길일 것이다.

천지를 뒤흔드는 촛불의 함성이 들려오는 밤, '청와대'라는 외딴 성에 홀로 있을 여인의 모습이 떠오른다. 그를 떠받들던 수족들마저 모두 떠나버린 고독한 곳에서 그는 무슨 생각을 하고 있을까. 잘못한 일이 있으면 그것을 통회(痛悔)하고, 일신의 안위보다는 국가의 앞날을 생각하는 대승적 결단이 필요할 때가 아닐까.

가을은 내년 봄을 준비하는 계절이고, 눈보라 치는 혹독한 겨울은 찬란한 봄을 맞이하기 위하여 처절하게 몸부림치는 기간이다. 우리에게는 나라에 엄습한 이 칠흑 같은 어둠을 슬기롭게 빠져나갈 지혜는 없는 것인가.

"신이여 우리국민에게 지혜를 주소서…."

두물머리를 떠나는 마음이 더욱 무겁기만 하다. (2016.)

두물머리는 내가 즐겨 찾는 곳이다. 남한강과 북한강이 정겹게 만나 어깨동무를 하면서 한강으로 흘러간다. 언제보아도 화합의 상징이다. 병풍처럼 두 강을 에워 싼 산들은 네 계절 어느 때 보아도 아름답다. 멀지 않은 곳에 유서 깊은 수종사가 있고, 다산 선생의 생가와 묘소, 기념관 등이 있어서 좋다. 최근에는 수변 공원까지 아름답게 조성하여 더욱 발길을 끌어당기는 곳이다.

대통령 탄핵 열풍이 몰아치던 어느 주말, 마음이 답답하여 두물머리를 찾았다. 그날은 서울의 세종로광장에서 '백만 촛불 군중'이 모여 대통령 하야를 외치고 청와대를 에워쌌던 날이다.

내 눈에 비친 두물머리의 풍경은 황량하기 한이 없었다. 그 푸르던 갈대와 연꽃 잎들은 가을바람에 말리고 꺾여서 강변의 진흙 속에 널브러져 있었다. 해오라기 한 마리가 외롭게 서서 물속을 두리번거리고 있는 것을 보고 마음이 울적했다. 그 새를 보는 순간 청와대 안에 홀로 서성이면서 떨고 있을 대통령을 생각했다. 그래서 나온 수필이 <두물머리의 가을>이다.

10월의 어느 멋진 날

경복궁 안에 있는 고궁박물관에서는 '2014, 프란치스코 교황 방한기념특별전'이 열리고 있다. 특별전 명칭은, 〈천상의 아름다운 천국의 문〉. 마침 한글날을 맞아 친구와 함께 관람하기로 하였다. 전형적인 가을 날씨는 집에 있을 수 없을 만큼 모든 국민을 밖으로 내몰 것 같은 느낌이다. 친구와 점심을 함께하기로 하고 집을 나섰다. 우리가 먼저 찾은 곳은 청와대 근처에 있는 추어탕 전문집이었다.

이 추어탕 집은 시청 뒤에서 일제 강점기에 문을 열었다. 당시에는 음식 맛도 좋고 주인의 마음도 푸근하여 민족지사와 문사들이 사랑방처럼 북적였다고 한다. 해방 후에는 정치인과 언론인들의 사랑방 역할을 하였다. 남북회담이 서울에서 열렸을 때는 북측 단장이 두 차례나 찾은 일화도 있다. 시인이며 언론인이었던 이용상은 ≪용금옥시대≫라는 책을 써서 이 집에 출입하던 유명 인사들에 얽힌 이야기를 소개하기도 하였다.

지금은 당초에 있던 자리를 떠나서 다동에 일부가 있고 청와대 근처 옥인동의 고풍스러운 한옥에 또 하나의 둥지를 틀었다. 추어탕을 주문하니 서울식이냐, 호남식이냐를 묻는다. 호남식을 주문했다. 정성을 다하여 끓여낸 탕에 맛깔스러운 밑반찬을 곁들이니 옛날 입맛이 살아난다. 날씨도 좋고 음식도 맛이 있으니 오후의 기분은 더욱 상쾌하다.

점심 후 말로만 듣던 '청와대 사랑방'에 들렀다. 가을 햇빛에 비켜 선 북악과 어우러진 사랑채는 고즈넉한 분위기를 자아내고 있었다. 전시장에는 역대 대통령들의 다양한 사료와 영상들이 알기 쉽게 진열되었고, 외국 원수들에게서 받은 기념품들도 잘 정돈돼 있었다. 이곳까지 중국 관광객[요우커]들이 북적이고 있었다. 우리는 경복궁 담을 끼고 고궁박물관에 입장하였다. 오후 두시 반부터 해설사의 해설이 시작되었다.

미켈란젤로가 후에 이 문을 보고 '천국의 문'이라는 찬사를 붙였다는 이 청동문은 피렌체의 산조바니세례당에 들어가는 동쪽 문이다. 이 문은 당대의 최고 조각가 기베르티가 1425년부터 27년에 걸쳐서 청동에 금도금을 하여 만든 걸작품이다. 양쪽 문을 각각 다섯 칸씩 나누어 칸마다 열 개의 복음(福音) 이야기가 담았다. 즉 한 짝에 다섯 개씩의 조각판을 붙여서 두 짝으로 만들어져 있는 문이다. 이 문은 세계 2차 대전 중에도 수난을 당하지 않았는데 1966년 대 홍수로 피해를 입었다고 한다. 피해 복구비만 오백여 억 원이 들었고, 복구에도 27년이 걸렸다고 하니 보물을 다루는 그들의 정성과 치밀함이 그저 부러울 뿐이다. 우리의 현실은 어떤한가. 불의로 소실되었던 국보 1호인 숭례문을 불과 2~3년에 복원하고 후에 부실 논란에 휩싸였던 생각을 하니 부끄러운 마음이 앞을 가렸다. 아무리 '빨리빨리' 문화라고 하지만 우리 민족은 왜 이렇게 성급할까. 그것도 국보 1호를 이십여 년 걸려서 정교하게 복원한다고 누가 시비를 걸겠는가. 이제 좀 성숙하고 차분한 사회가 되었으면 좋겠다.

이번 전시회에는 바티칸 박물관에 소장된 석 점의 그림과 조각품들이 전시되고 14세기 피렌체대성당의 종탑을 위해 조각된 부조와 교황들의 제의, 미사도구, 성모 마리아가 아기 예수를 안고 있는 조각도 엄선되어 우리 나라로 나들이하였다.

해설사의 해설은 어눌한 듯 하지만 귀에 잘 들어왔다. 유럽 여행 중 피렌체에 들렀을 때는 건성으로 본 보물들을 우리 박물관에서 우리 해설사의 정성스러운 해설로 다시 접하니 행복감마저 들었다. 그 보물들이 왜 귀한지 조금은 이해가 되었다.

박물관을 나와서 인사동으로 향하는 길목은 중국 관광객들과 우리 관광객들이 어우러져서 인산인해다. 인사동 입구에는 들어갈 엄두를 못 내고 에둘러 운현궁 길을 택하여 낙원동으로 향했다. 노인들의 천국이라는 어느 생음악 홀에 들러서 다리의 피로를 풀었다.

초로에 접어든 듯한 여성의 색소폰 연주가 모두 귀에 익은 곡들이었다. 노인들의 향수를 자극하기에 충분했다. 오후 다섯 시를 조금 지난 시간인데도 홀 안은 빈자리가 없을 정도였다. 내 옆에 자리 잡은 팔십대 노인은 선짓국에 소주 한 병을 시켜놓고 홀짝거리고 있었다. 자기는 혼자 이곳을 자주 찾는다며 나에게 소주잔을 권하면서 말을 걸기도 했다. 외로운 노인들을 불러들이는 그 집의 상술이 특이하다. 이러한 곳이 있음에 노인들은 위안을 받으며 대낮부터 모여 들어서 즐기는 것이리라.

10월의 멋진 날은 이렇게 저물어 간다. 저렴한 비용에 이렇게 즐길 곳들이 있다니 이 얼마나 좋은가.

우리 세대가 누구인가. 산업을 일으키고 오늘의 한국을 만들어 온 역군들이 아닌가. 어깨를 펴고 당당하게 즐기자. 부질없는 근심과 해결할 수도 없는 걱정일랑 저 멀리 던져버리고….

(2014.)

내 어릴 적 추억으로 남은 고향 마을 풍경이다. 저 아래 바닷가 나지막한 사구(沙丘)에는 불을 때서 소금을 굽는 염막(塩幕)이 있었고, 그 너머에는 정든 바다가 있었다. 그 바다는 썰물 때는 완전히 갯벌을 드러내고 물이 들면 사구를 삼킬 듯 철렁거렸다.

갯벌이 드러나면 어머니와 함께 조개도 캐고, 물이 들 때면 물길 따라 올라오면서 망둥이를 낚기도 했다. 만조가 되면 친구들과 물장구를 치던 낭만이 어린 곳이다.

지금은 간척지로 변하여 어릴 적 추억을 통째로 앗아갔다. 고향이 생각날 때면 옛 모습이 아련하다.

고향 나그네

옛 동산에 올라서 보니 한눈에 들어오는 고향마을이 참 많이도 변했다. 어릴 때 보았던 그 정겨운 모습들은 찾을 길이 없다. 한 폭의 수채화도 같던 마을이 온통 황량한 모습이다. 그래도 여기에 앉으니 가물거리던 어릴 적 추억들이 하나하나 떠오른다.

아장아장 걸을 때 놀아주던 누님을 잃고, 얼마 지나지 않아 여동생마저 역병으로 저 세상으로 보냈다. 외딴 집에는 졸지에 엄마와 나, 달랑 둘만 남았다. 엄마가 들에 나가면 어린아이는 꼬불꼬불한 오솔길을 따라서 할머니 댁에 갔다. 얼마쯤 올라가면 대나무 숲이 시작되고 저만치 할머니가 계신 집이 보였다. 할머니 무릎에 앉아 응석도 부리고 귀여움도 독차지했다. 저녁이면 할머니의 손을 잡고 집으로 내려와서 엄마 품에 안겨 잠들곤 했다.

어느 날 무서운 태풍이 지나갔다. 큰 나무들도 마구 쓰러졌다. 날마다 다니던 길섶의 굵은 참나무도 맥없이 잘려나갔다. 태풍이 멎은 다음날에도 어김없이 할머니에게 가고 있었다. 그런데 평소 할머니 무릎에 앉아서 듣던 무서운 귀신이 길 옆에 떡 버티고 서 있는 게 아닌가. 잘려나간 참나무 그루터기가 무서운 귀신으로 보인 것이다. 그 자리에서 기절을 했다. 어떻게 일어났는지는 기억에 없다. 나는 다음 날에도 할머니에게 또 가야 했다. 꾀를 내어 귀신이 보이지 않는 먼 길로 돌아서 다녔다. 큰아버지가 그루터기를 잘라버렸지만 그 길은 무서운 길이 되었다.

외할머니가 처음으로 오신 날이었다. 외할머니의 얼굴에는 유난히도 큰 주름이 많았다. 무서웠다. 귀엽다고 무릎에 앉히자 울음을 터뜨리며 혼절했다. 그 전후에도 나는 이런저런 일로 경기(驚氣)를 달고 살았던 나약한 아이였다.

자라면서 할아버지로부터 한학을 배우다가 남들이 졸업할 나이에 초등학교 사학년에 입학했다. 육학년이 되면서는 공부에 흥미를 갖게 되었고 전교 회장을 하기도 했다. 군청 소재지에 있는 중학교를 졸업하고 서울에 있는 고등학교에도 괜찮은 성적으로 입학하였다.

상급학교에 진학할수록, 어머니는 온 몸이 부서질 정도로 어려움이 더해갔다. 고된 농사일과 길쌈만으로는 아들을 뒷바라지 할 수가 없었다. 드디어 무거운 옷감 보따리를 머리에 이고 하루 종일 이 동네 저 동네로 팔러 다니셨지만 이마저도 신통하지 않았다. 어머니는 이웃 면에 오일장이 생기자 그곳에 조그만 포목가게를 차리고 정들었던 고향을 떠났다.

고등학교 3학년 때 논산훈련소에 입대한 친구 면회를 다녀오는 길이었다. 대전역에서 영시 발 서울행 기차를 기다리고 있었다. 희미한 불빛 아래 인적이 드문 대합실에서 구두닦이를 괴롭히는 젊은이가 보였다. 그 젊은이를 꾸짖어 쫓아버리고 구두닦이를 안전한 곳으로 보냈다. 그런데 얼마 후 대여섯 명의 패거리들이 자전거 체인 등을 휘두르면서 내게 달려들었다. 덜컥 겁도 났지만, 굴하지 않고 그들 앞에 당당하게 버티고 섰다. 그들은 순간 움찔했다. 마침 순찰을 하던 헌병들에게 구조되어 무사히 기차에 오를 수 있었다.

그 해 추석 전, 고향에 오기 위해 인천항에서 연락선을 탔다. 귀성객들로 배는 북새통이었다. 순항하던 배는 영종도 앞바다에서 손님들을 내리기 위해 멈춰 섰다. 모선(母船)에서 내린 손님들과 봇짐으로 가득 찬 작은 전마선은 위험해 보였다. 큰 배는 손님이 내리자 안전거리를 무시한 채 스크루를 돌리며 방향을 틀었다.

모선의 스크루에서 뿜어져 나오는 파도를 못 이기고 전마선이 가라앉았다. 사람들이 바다 위에서 허우적거리며 아우성이었다. 큰 배가 다시 뱃머리를 돌려 접근했다. 그러나 그 많은 승객 중에 구조를 위해 뛰어내리는 사람이 없었다. 다른 친구 한 명과 함께 바다로 뛰어내렸다. 뒤이어 해군 수병 한 명도 합류했다. 다행히 모두 안전하게 구할 수 있었다.

그 해역은 물이 소용돌이 쳐서 선원들도 내리기를 망설였을 것이라는 사실을 후에 신문을 보고서야 알았다.

고등학교 삼학년 겨울에는 군대 소집영장이 나왔다. 당시에 대학생은 연기할 수 있는 길이 있었으나 고등학생에게는 길이 없었다. 하는 수 없이 영장을 찢어버리고 기피자가 되었다. 다음 해 대학에 입학했다. 그 해 겨울, 큰아버지가 돌아가셨다는 비보를 받고 고향에 와서 상례를 치르고 나니 순경들이 와서 기다리고 있었다. 경찰서에서 하룻밤을 자고 논산훈련소에 입대했다. 그렇게 잡혀 간 것이 내 인생에는 큰 보탬이 되었다. 이 또한 고향이 내게 준 하나의 선물이었다.

꿈을 키우던 고향산천, 저녁노을이 곱게 물들면 저 아래 옹기종기 모인 초가지붕에서 정답게 피어오르던 밥 짓는 연기를 이제는 볼 수가 없다. 여름이면 조개 잡고 물장구치던 앞바다마저 육지로 변했다. 옛 동무들조차 만날 길이 없어 허전하다. 이제는 낯이 선 마을이 되었다.

변치 않은 건 오직 '타는 저녁노을'뿐. 비록 지금은 '나그네' 같은 처지가 되었지만 고향마을을 바라보는 주름진 얼굴에 엷은 미소가 번진다. 고향은 영원한 엄마의 따뜻한 품이요 내 탯줄이 묻힌 곳이 아닌가. 어찌 영원하지 않으리.

(2016.)

태산은 그렇게 높지 않았다

"태산이 높다 하되 하늘 아래 뫼이로다."로 시작되는 조선 중기 문인 양사언의 시. 얼마나 높으면 '하늘 아래 뫼'라고 읊었을까. 그 태산은 어릴 때 동경과 경외의 대상이었다.

그러나 태산이 중국의 오악(五嶽) 중 하나이며 역대 중국 황제들이 올라 제사를 지냈다는 사실을 알면서는 꼭 한 번 가고 싶은 산이 되었다. 더구나 그곳은 유교의 대표적 성인이신 공자님의 고향, 곡부에서 가까운 곳이 아닌가. 몇몇 친구들과 함께 태산에 올랐다.

차창 밖으로 본 산은 상상하던 것보다는 실망스러웠다. 그렇게 높지 않았다. 우리나라 금강산이나 중국의 황산처럼 기암괴석이 즐비한 것도 아니고 그저 척박한 바위산으로만 보였다. 일행 중에서도 실망하는 소리들이 들려왔다. 저런 산에 무슨 신기(神氣)가 있기에 중국의 황제들이 도성을 오래도록 비우고 올라가서 봉선

(封禪)을 했을까. 당나라 때 시인 유우석의 시 "산이 높지 않아도 신선이 살면 유명해진다."는 구절이 머리를 스치고 지나갔다.

일행은 시간을 절약하기 위해서 7천4백여 개에 달한다는 돌계단을 포기하고 케이블카를 이용하였다. 창밖으로 보이는 풍경들도 아래에서 보았던 것과 크게 다르지 않았다.

이윽고 내린 곳은 천가(天街) 앞. 이 '하늘 거리'부터 비교적 평평한 능선이 이어지고 숙박시설, 음식점, 각종 상점들이 줄지어 있다. 천문(天門)이 우리 일행을 맞이했다. 하늘로 들어가는 문이다. 천문을 지나면 고대부터 건축된 크고 작은 묘당(廟堂)들이 즐비하다. 주위의 웬만한 바위에는 역대 황제와 시인 묵객(墨客)들의 마애(摩崖)한 글씨가 마치 어느 서예전시장을 방불케 한다. 정상에 오르니 옥황대제(玉皇大帝)를 모신 묘각(廟閣)이 있고, 그 앞에는 '泰山極頂 1545米'라는 표지석이 선명하다.

태산은 중국의 오악(五嶽) 중 하나이지만 '오악독존(五嶽獨存)'이다. 즉 오악 중에서도 으뜸이다. 중국인들은 고대로부터 동쪽은 만물이 생장하는 원천이요, 봄이 시작되는 곳으로 여겼다. 주역에 이르기를 만물은 진동(振動)으로 생성되고, 그 진동은 동방에 있다고 했다. 그러니 태산은 곧 만물을 생성하는 동쪽의 신비로운 산이었던 것이다. 그 정상에 하느님인 옥황을 모시고, 스스로 하느님의 아들 즉 천자(天子)라 칭한 황제들이 올랐다. 옥황께 제를 올려야 천자로서의 정통성도 확보하고 태평성대가 온다고 믿었을 것이다.

한무제(漢武帝)는 태산에 올라 "높도다. 지극하도다. 크도다. 특이하도다. 장하도다. 빛나도다. 괴이하도다. 놀랍도다. 감격스럽도다." 등 말로써 표현할 수 있는 찬사를 다하였다. 공자는 "뒷동산에 올라 보면 노(魯)나라가 작아 보이고, 태산에 오르니 천하가 작아 보인다."고 극찬하였다. 청나라의 강희제(康熙帝)는 태산에 올라선 일성으로 "과연(果然)"이라고 외마디 소리를 지르고 거기에 '과연'이라는 친필마애를 남겼다.

중국의 황제들은 권력이 안정된 후에 태산에 올라 봉선하였다고 한다. 태산에 오르기 위해서는 도성을 일 년 이상 비워야 하는데 정권의 안정기가 아니고서 도성을 오랫동안 비울 수가 있었겠는가. 기록에 의하면 백왕이 태평성대에 태산에 올라 봉선하였고 그 수는 70여 명에 달했다고 한다. 이러한 행사는 멀리 은(殷) 나라부터 청나라까지 이어졌다니 놀랍기만 하였다. 오늘날의 거대한 중국 영토를 확정한 강력한 제왕이었던 강희제는 재임기간도 길었지만, 태산에 십여 회 이상 올랐다니 아마도 변방을 힘으로 굴복시킬 때마다 태산에 올라 위세를 떨쳤을 것이다.

하느님이 계신 영산도 시대에 따라 다른 신이 나타나는 것일까. 고대에 옥황이 있었다는 이 산에 시대를 지나면서 도교, 불교의 성지로 이어졌고 이제는 민초들의 소원을 들어준다는 '태산 할머니'가 자리 잡고 위세를 떨치고 있다. 태산 할머니에게 소원을 빌면 들어준다 하여 전국에서 민초들이 몰려들고 있다.

오늘날 중국의 통치자들이 대권을 잡기 전후에 이곳에서 빌었다는 기록은 찾을 길이 없다. 그러나 대권을 꿈꾸는 우리나라의 정치인들이 이곳에 들른다니 좀 어처구니가 없다. 이들 중에는 두 전직대통령도 있다. 한 분은 다리도 불편한데 비 오는 날 이 산을 오른 후 만족감을 표시했다고 한다. 비를 맞으면서 올라야 더 많은 효험을 얻을 수 있다는 전설을 믿었기 때문이라고 하니 대권을 향한 욕심을 가늠할 만도 하다. 대권을 위해서는 조상의 묘도 옮기는 정치인들이니 비 내리는 태산을 오르면서 당연히 쾌재를 불렀으리라.

만리장성을 비롯한 중국의 거대한 유물들을 대할 때마다 당시 백성들의 고통을 생각하게 된다. 그 많은 황제들이 멀리 장안이나 북경 등에서 이곳을 행차할 때 얼마나 많은 민초들이 고통을 받았을까.

산상의 수많은 묘각과 바위마다 마애된 글과 글씨들만이 태산의 과거를 말해주고 있다. 권력의 잔인한 흔적들만 어지러웠다. 태산은 중국 대륙의 동쪽이지만 한국에서 보면 해가 지는 서쪽이다. 거기에서 영묘(靈妙)한 신기는 느낄 수 없었고 그렇게 높은 산도 아니었다.

신이 있다 한들 나 같은 보통 사람에게 다가오겠는가.

(2013.)

태산(泰山)은 중국 산동성에 있는 산이다. 중국의 오악 중 하나로 오악독존(五嶽獨尊)이라는 또 다른 이름 갖고 있다. 중국의 은나라 시대부터 청나라 시대까지 칠십여 명의 황제가 태산에 올라 옥황대제(玉皇大帝) 앞에 무릎을 꿇고 나라의 태평성대를 기원했다고 한다.

불과 천오백여 미터 높이의 돌산 정상에는 옥황대제를 모신 신당과 각종 묘당(廟堂)이 즐비하다. 황제들과 학자, 시인들의 글과 친필을 마애한 암석들이 어지러울 정도로 많다. 유네스코 문화유산으로 등재되어 있다.

지금은 중국의 권력자들이 찾는 일은 거의 없고, '태산할머니 신'에게 소원을 빌기 위해 민초들의 발길이 끊이지 않는다. 아이러니하게도 우리나라의 대권을 꿈꾸는 사람들이 알게 모르게 태산에 올라 소원을 빌고 간다고 하니 권력을 지향하는 탐욕은 끝이 없다는 생각이 든다. 그저 웃어넘길 수만은 없는 일이다.

태산에 올라서 수필 한 편을 남겼다.

정계비(定界碑)는 어이하고

백두산 천지(天池)를 보기 위한 여정은 멀기만 하다. 인천공항에서 아침 비행기를 타고 중국 요녕성(遼寧省)의 심양비행장에 내려 다시 버스로 옮겨 타고 여덟 시간 만에 송강하(松江河)에 도착하였다. 하룻밤을 그곳에서 묵고 이른 아침 백두산으로 향했다.

'복이 있는 자에게만 속살을 보여준다'는 천지. 어제 저녁 내리는 비로 날씨를 걱정하면서 오늘은 좋은 날씨를 달라고 하늘에 기도했다. 송강하를 떠난 지 삼십여 분 만에 백두산 자연보호구역의 밀림지대에 도착했지만, 버스는 밀림 속을 헤집으며 족히 한 시간 반 정도를 더 달린다. 삼나무, 자작나무, 소나무 등이 주종을 이루고 있는 밀림지역을 한동안 달리자 낯익은 홍송(紅松) 군락지가 이어진다. 중국에서는 미인송이라 일컫는 홍송, 글자 그대로 자태가 아름답다.

이윽고 북쪽 오름[北坡] 산문(山門)에 도착했다. 입구에는 천지를 향하는 관광객들로 인산인해다. 몇 년 전만 해도 한국인이 주종을 이루었는데 이제 중국인들이 반을 넘는다는 안내인의 설명이다. 우리는 입구에서 전용버스로 갈아 타고 한참 동안을 오르다가 다시 10인승 승합차로 바꿔 탔다. 승합차는 꼬불꼬불 가파른 언덕길을 곡예하듯 기어오른다.

길옆에 가드레일이 있기는 하나 들이받으면 대형사고가 틀림없을 것 같다. 한참을 오르자 나무 한 그루 없는 *고산태원대(高山苔原帶)지역에 이른다. 거기서는 차가 가드레일을 넘는다. 한없이 굴러 떨어질 것 같다. 오싹오싹 오금이 저린다. 만감이 교차한다.

우리 민족 누구라서 백두산과 천지를 동경하지 않으랴. 그러나 남북 분단이 고착화되고 중국에 죽(竹)의 장막이 가려지면서 민족의 영산은 그저 그림이나 사진, 영상 등으로만 볼 수밖에 없었다.. 20여 년 전 중국과 국교를 정상화하면서 백두산의 북쪽 문이 우리에게 열린 것이다. 그 후 너도 나도 백두산 관광에 나섰지만, 나는 선뜻 마음을 열지 못하였다. 적어도 남북이 왕래하는 길만이라도 열리면 북녘의 우리 땅을 밟고 떳떳하게 가겠다는 생각 때문이었다. 그러나 열릴 듯하던 문이 더욱 굳게 닫히기를 거듭하니 생전에 백두산 보기가 점점 난감하여졌다. 마침 친구가 속한 산악회에서 단체로 가는 기회가 있어서 따라 나선 것이다.

그래도 마음 한편은 여전히 무겁다. 남과 북의 국가(國歌)에도 '백두산'을 넣고 있지 않는가. 그러한 민족의 영산을 남의 나라를 통해서만 갈 수 있다니 정치는 무엇이며, 우리 민족은 왜 이렇게도 지지리 못났는가 하는 자괴감이 앞선다. 선인(先人)들과 후손(後孫)들에게 부끄러운 일이다.

승합차가 정상 밑 주차장에 안전하게 정차하였다. 정상의 날씨는 구름이 간간이 낀 좋은 날씨다. 중국의 환경 지킴이들이 촘촘히 지키고 있어 안전선을 넘어 접근할 수는 없지만 천지는 장엄한 속살을 드러내며 우리 일행을 맞이했다. 가히 장관이다.

깊은 물만이 낼 수 있는 특유의 남청색(藍靑色)이 마치 청옥에 비취를 상감(象嵌)해 놓은 듯 아름답다. 변화무쌍한 기류는 운무(雲霧)를 빠르게 이동시키고, 천지를 삼켰다 내어뱉기를 거듭한다. 짧은 글 실력으로 이 신비의 광경을 어찌 다 표현하랴. 그저 탄성만 지를 뿐이다. 이 순간만은 머리를 어지럽히던 온갖 잡념들이 말끔히 사라지고 오직 천지의 장엄함에 넋을 잃는다.

해발 2,194m에 천지의 수면이 있다. 하늘 위에 떠있는 장엄한 연못이다. 둘레 13여km, 면적 10만여㎢, 중심수심 373m, 평균수심 204m라는 공식 기록을 가진 천지가, 16좌(座) 영봉들의 호위를 받으며 자태를 드러냈다. 압록강과 두만강, 중국의 송화강이 이곳에서 발원한다. 남이 장군이 남긴 호탕한 시구가 떠오른다. "백두산의 돌은 칼을 갈아 없애고, 두만강 물은 군마들을 먹여 마르게 하리…." 20대에 함경도 지방에서 준동(蠢動)하던 이시애의 난을 평정하고 병조판서(兵曹判書)에 오른 청년 장군의 기개가 천지 위에 번뜩인다.

다음 날 오른 서쪽오름[西坡] 정상에는 '조 · 중 경계비(朝· 中境界碑 38. 2009)'가 넓은 돌 좌대 위에 선명하게 서 있다. 38이라는 숫자는 그들 양국이 세운 국경 경계비의 번호인 듯하다. 그렇다면 조선 숙종 때 세운 청나라와의 정계비(定界碑)는 어떻게 하고 다시 이 비를 세웠을까. 경계비 하나만을 보고 조선조 때의 국경선과 지금의 조·중 국경선을 가늠할 수는 없지만, 중공군의 6·25전쟁 참전 대가로 국경선을 변경하였다는 설이 사실이 아니기를 바랄 뿐이다.

민족의 영산 백두산과 천지. 보지 못 했을 때는 보고 싶어 그리웠고 보고 나서는 반가움보다 씁쓸함이 남는다. 어찌 이 장엄한 영산의 정기는 그 북쪽으로만 발산하는가. 북쪽의 중국은 일찍이 혜안을 가진 영도자를 만나서 개혁개방 정책을 편 덕에 이제는 세계정세를 좌지우지하는 G-2국가로 성장하였다. 그 남쪽의 북한은 고대의 어느 왕조를 모방한 집권자들이 백두혈통만을 내세우면서 문을 걸어 잠그고 있으니 21세기를 사는 백성들은 추위와 굶주림에 떨고 자유와 인권을 망각한 채 살아가고 있지 않는가.

가슴이 먹먹하다. 백두산의 정기가 하루 빨리 북한 백성들에게도 골고루 발산되기를 기원하면서, 조약돌 두어 개를 집어 들고 돌아섰다. 발길이 여전히 무겁다. (2013.)

* 고산태원대 : 고산의 툰드라 지대로 오랫동안 얼어 있다가 여름에만 녹아 선태물(蘚苔植物)이나 지의류(地衣類)가 자라는 지역

소공동 추억

오랜만에 옛 벗들과 북창동에서 점심을 함께 했다. 자연스럽게 소공 시대를 함께했던 추억어린 이야기들이 오갔다. 점심을 하고 헤어진 후 소공동 거리를 걷고 싶은 충동이 일었다. 봄을 재촉하는 날씨라 옷깃을 파고드는 바람은 여전히 차가웠지만 콧속을 간질이는 봄바람은 허파까지 시원했다.

점심을 한 북창동에서 소공동의 옛 상공회의소 터까지는 이백여 미터에 불과하다. 소공동이 고층 빌딩 숲으로 변한 지는 이미 오래, 지금은 옛 추억거리라고는 흔적도 없이 사라졌다.

아쉬움은 자연스레 옛 추억들을 불러들였다. 나는 대학을 졸업하고 어렵게 상공회의소에 입사했다. 당시의 상공회의소의 재정은 아주 빈약했다. 경리과장은 월급 전날이면 우리 건물에 세 들었던 경남극장을 찾아가서 월세를 조르는 일이 허다했다. 하지만 급속한 경제발전과 함께 상공회의소의 위상도 높아지고 회비 수

입도 늘어서 재정 형편도 해마다 나아졌다. 나는 입소 후 조사부로 발령을 받았지만, 당시 대통령을 모시는 신년 인사회와 전국 상공회의소 의원대회를 거창하게 기획하면서 총무과에 파견된 것이 과장으로 퇴소할 때까지 총무과에 근무하는 계기가 되었다.

이 시기에 상공회소 신축 계획도 자연스럽게 대두되었다. 상공회의소가 위치했던 소공동은 우리나라 최초의 도심 재개발지구로 선정되었다. 나는 서울시가 주최하는 실무회의에 지주 자격으로 참석하여 지금의 한화빌딩 대지를 구획하는 일을 도왔다. 그러자 당시의 P회장은 일본 오사카에 있는 이껜세께이[日建設計]에 의뢰하여 기본설계를 받아들고 청와대로 대통령을 예방하였다. 보고를 받은 대통령은 건물이 일하는 곳이 아니니 좀 기다리라고 만류하여 이 계획은 무산되었다. P회장이 병환으로 타계하자 정·재계의 거물이었던 K회장이 미국에서 돌아와 부임하였다. 그 분이 회장으로 부임한 것만으로도 상공회의소의 위상은 하늘을 찌를 듯하였다. 그러나 그분도 얼마 못가 갑작스러운 병환으로 타계하는 비운을 맞았다. 후임으로 경제부총리를 역임하고 제 2종합제철 사장을 잠시 맡았던 T회장이 부임하였다. 그분은 오랜 정치 경험과 경제부총리라는 막중한 자리에서 대통령을 보필한지라 대통령의 의중을 잘 살피고 일을 추진하는 데 탁월한 분이셨다.

당시에 대통령이 심혈을 기울였던 수출진흥확대회의에 다녀온 어느 날 오후, 메모 한 장이 비서실을 통하여 나에게 전달되었다.

박대통령의 친필 메모였다. 광화문 네거리에서 숭례문까지의 간선 도로변 일대의 간략한 지도와 함께 당시에 빈터였던 네 곳을 상공회의소의 적지로 검토하라는 내용이었다. 상공회의소는 서울의 중심축에 자리 잡으면 좋겠다는 말도 덧붙였다는 것이다. 필체도 간결하였지만 대상지를 표시한 지도내용도 명확하였다. 메모를 받아든 순간 이번에는 건물신축이 성사될 것 같은 예감이 스쳤다.

지금의 서울 파이낸셜센터가 있는 중부소방서 자리, 삼성 본관 맞은편의 효성 건물 자리, 당시 상공장려관 자리였던 지금의 상공회의소 자리, 남대문 옆에 있는 대한화재 빌딩 자리가 선명하게 그려져 있었다. 즉시 조사에 착수하여 지금의 자리가 적지라는 보고를 하였다. 당시 상공장려관 자리는 도시계획으로 잘려 나가고 백 수십 평밖에는 남지 않았지만 그 뒤의 남대문국민학교가 도심의 공동화 현상으로 폐교된다는 정보가 있었기 때문이다. 회장은 보고를 받은 즉석에서 서울시 교육감에게 전화를 걸어 만날 약속을 하고 매매 승낙을 받아냈다. 당시 막강했던 대통령의 관심사항이고 대통령의 의중을 정확히 알고 그 힘을 바탕으로 추진되는 일이니 감히 사족을 다는 곳이 없었다.

지금의 부지가 적지라는 차트를 만들어 회장께 보고했더니 곧바로 청와대 경제수석에게 전화하였다. 당신은 해외 순방계획이 있으니 경제수석이 대신 대통령께 보고하라는 부탁을 하고 나를 경제수석에게 보냈다. 얼마의 시간이 지나자 보내진 차트에 대통령이 서명한 문서가 접수되었다. 그 서명이 누구의 명령인가. 일은 전광석화 격으로 이루어졌다. 나는 남대문국민학교 부지 매입 계약을 체결하고 상공회의소를 떠났다. 이런 과정을 거쳐 상공회소의 남대문 시대가 열렸다. 그 건물에는 지금은 고인이 되신 두 분의 얼이 서려있다고 감히 말할 수 있다.

현대식 건물들로 빌딩 숲을 이룬 소공동 거리를 지나는 것이 나에게는 왜 이렇게도 허전할까. 이곳은 나의 젊은 시절 꿈이 꿈틀거리던 곳이다. 상의 다방, 오향장육으로 유명했던 일품향, 언제나 하얀 머리가 은빛과도 같던 중국 할아버지가 식당 한 가운데 놓인 평상에 앉아 빚어내던 물만두 집 취영루, 대통령 직선제 개헌을 천명한 6·29선언이 있던 날 찻값을 받지 않았던 가화다방, 눈이 펑펑 쏟아지던 어느 겨울날 약속시간을 한 시간이나 어기면서 갔다가 쓸쓸히 돌아섰던 덕수다방 등 젊은 시절 추억이 얽힌 곳들이 이제는 한 조각 흔적도 찾을 길이 없다.

빌딩 숲을 뚫고 지나가는 봄바람에 한기를 느낀다. 그 허전함은 왠지 나에게 긴 여운으로 다가왔다. 만감이 교차하는 추억만을 품고 쓸쓸하게 그 거리를 지났다.

(2014.)

늦었지만 지금이 적기

가정의 달 첫 주말, 조간신문 일면에 미소 띤 백발노인의 사진이 아름답다. 우리나라 조선공업을 세계 일위의 반열에 올려놓는 데 공헌한 H중공업의 전 M회장의 인터뷰 사진이다. 신문 두 면을 채운 그의 인생 스토리를 흥미있게 읽었다.

그분은 국내 제일의 K고교와 S대학을 졸업하고 미국의 MIT공과대학에서 박사학위를 받은 수재이다. 귀국 후에는 모교의 교수자리를 권유 받았으나 뜻한 바 있어 조선공업에 투신하였다. 삼백여 개의 조선 관련 특허를 보유하고, 중형발전기 엔진의 대명사인 '힘센 엔진'을 개발하여 조선공업이 세계시장을 석권하는 데 기여한 인물이다.

어렸을 때 그의 아버지는 "사람은 태어날 때부터 평등하다. (Man is born equal by nature.)"라고 영문으로 쓴 목걸이를 그의 목에 걸어 주고 일생 동안 마음 깊이 간직하도록 교육시켰다. 평등한 데서 뛰어난 사람이 되기 위해서는 어떻게 해야 하는지를 깨닫고 실천하라는 메시지였다고 한다. 그는 술을 안 한다. 그의 9대조(祖)가 술로 인해 멸족 위기를 겪은 뒤 금주를 가계(家戒)로 삼았기 때문이라고 했다. 아버지의 가르침과 가계를 철저히 지키는 사람. 아! 그렇구나. 나는 온 몸에 소름이 돋으며 멍한 기분이 되었다.

이러한 실천력과 결단력은 어디서 나오는 것일까. 아무리 생각해도 어떤 묘수가 있을 것 같지는 않다. 그것은 오로지 투철한 가정교육이요. 어렸을 때부터 가장의 솔선수범하는 모습을 보고 느끼면서 차곡차곡 채운 내공에 본인의 노력이 승화된 결과이리라. 그렇다. 나 또한 이제라도 굳은 결심을 해야겠다는 생각이 번뜩했다.

두 가지 생각이 번개처럼 스쳐갔다. 어느 날 아침, 전날 밤 술이 덜 깬 채 운동을 하러 나갔다. 거기에서 만난 선배 문우는 내 모습을 보고, "술은 왜 마셔요. 정신이 맑아야 좋은 글을 쓰지요." 하며 비수와도 같은 충고를 하였다. 당시는 몹시 따갑게 다가왔다. 술을 끊어야지. 그러나 시간이 지나면서 다시 원점으로 돌아오고 말았다. 또 하나는 할아버지에 대한 추억이다. 할아버지는 내 성장기에 가장 큰 영향을 미치신 분이다. 어려서부터 사람이 가져야 할 도리를 가르치고 삼강오륜의 참뜻을 일깨워 주신 분이다. 그분은 우리 고을의 유명한 한학자이셨지만 작고하실 때까지 술과 담배를 즐기셨다. 특히 탈항(脫肛)이 심하셨던 할아버지는 인근의 경조사에 다녀오시는 날에는 두툼한 솜옷을 벗어놓으시는 일이 잦았다. 그때면 할머니의 날카로운 음성도 들리고, 체구가 작으셨던 큰어머니는 말없이 솜옷을 둘둘 말아서 빨래터로 가지고 가시던 모습이 선하다. 할아버지는 이튿날이면 술을 끊어야 한다는 말씀을 하시곤 했다. 그분의 의지로 돌아가실 때까지 술과 담배를 끊지 못한 점은 지금도 불가사의다.

나는 아주 어렸을 때부터 술을 홀짝거렸다. 어린 시절을 할아버지가 서당을 하시는 큰집에서 보냈다. 슬하에 자식이 없었던 큰어머니를 졸졸 따라 다니면서 자랐다. 큰집에는 술과 안주가 거의 떨어지지 않았다. 할아버지께서 술을 즐기시는 이유도 있었지만, 당시 서당에서는 학생이 책 한 권 공부를 마치면 책거리라는 것이 있었다. 학생의 부모는 술과 안주와 떡을 가져와서 선생께 감사도 드리고 학생들을 격려하였다. 큰어머니가 술상을 볼 때면 내게 술 한 모금과 안주 한 조각을 주시곤 하였다. 볼그스레해지는 어린 조카의 모습이 귀여웠으리라. 그러니 나의 음주 역사는 내 나이만큼이나 길다.

이러한 술은 향정신성 마약의 일종이다. 술은 패가망신의 원인이기도 하며 마시면 마실수록 이성을 마비시킨다. 술은 간질환 당뇨 침해 등을 일으키는 요인이라는 것이 의학계의 정설이다. 미국에서는 알코올 중독자를 마약 중독자로 취급한다. 그런데 왜 술을 마실까.

술을 즐기는 자들의 주장은 다양하다. 사회생활을 원활히 하고 치열한 경쟁을 이겨나가려면 술자리가 최선이라는 논리를 편다. 적당히 마시면 혈액 순환을 도와 건강을 증진시다는 주장, 하루의 피로를 회복하는데 친구와 술 한 잔 이상의 명약이 어디 있느냐 등 술의 순기능을 예찬하면서 끊임없이 술을 마신다. 여기에는 함정이 있다. 술은 절제가 안 되는 음식이다. 왜 그럴까. 상대방의 권주(勸酒) 문화에 약하고, 마실수록 정신이 혼미해져서 절제력을 스스로 상실하기 때문이다. 최상의 방법은 아예 술을 안 배우는 것이며 배웠으면 끊는 것이 차선이다. 더욱이 노년에 접어들면서는 거의 이로울 것이 없는 음식이 술이다.

'언제나 지금이 적기'라는 속담이 있다. 늦었지만 나에게는 지금이 술을 끊을 적기이다. 그것이 할아버지가 생전에 못 이루신 것을 내가 대신하는 일이며 자손들에게 교육하는 일이기도 하다. 나의 정신과 건강을 보살피는 길이다.

오늘부터 술을 끊자. 그 결과가 좋은 글쓰기로 이어진다면 금상첨화가 아니겠는가.

(2013.)

손자를 보내며

맑은 가을 일요일 아침, 손자의 손을 잡고 길을 떠났다. 오늘따라 그놈의 손이 더욱 부드럽고 따스하다. 내게 들려주는 손자의 말소리는 때 묻지 않고 활기가 넘친다.

손자는 우리 부부의 품에서 귀여움을 독차지하고 자랐다. 첫 손자이기도 하지만, 어렸을 때 집에 오면 제 어미아비는 집에 가라고 하고 내 품에서 자던 놈이다. 가까운 이웃에 두고 그놈과 노는 것이 큰 즐거움이었는데 초등학교 5학년 말이 되니 곁을 떠나겠다고 한다. 좀 더 나은 환경에서 공부하겠다고 서울로 이사한다니 기뻐할 일이지만 보내는 마음은 웬일인지 서운하다. 곁을 떠나는 손자에게 무엇을 해줄까 생각하다가 우리나라 역사상 가장 위대한 세 분을 뵙기로 하였다.

처음 찾은 곳이 남산에 있는 안중근 의사 기념관이다. 의사의 서거 백주년을 맞아 남산 마루에 정부 예산과 국민 성금을 모아

고쳐 지은 기념관은 노란 단풍의 낙엽수림과 황금빛으로 물든 은행나무에 둘러싸여 있다. 지상 3층 건물은 현대적이면서도 주위의 풍광과 조화를 이루어 한 폭의 수채화와 같은 아름다움을 연출하고 있다.

안으로 들어가니 안 의사의 소복(素服) 좌상이 우리를 맞이한다. 안 의사를 비롯한 우국지사 열두 분이 모여 단지동맹(斷指同盟)을 맺고 그 분들의 왼손 무명지를 끊어 흘린 피로 '大. 韓. 獨. 立.'이라고 쓴 태극기를 배경으로 깔았다. 경외감이 앞을 가렸다. 경건한 분위기에 숙연해지기도 했다. 위층으로 올라가니 의사의 출생에서 성장과정, 우국충정을 갖게 된 동기, 거사에서 생을 마감하는 순간까지가 잘 정리되어 있었다. 고증된 많은 사료와 밀랍 모형들, 최첨단 영상들이 순례객들의 발길을 멈추게 한다. 손자도 열심히 돌아보며 특히 역사적인 영상물 앞에서는 멈추어 서기를 거듭한다. 평소 익힌 자기의 역사 지식을 확인하는 것 같다.

사형 집행 직전 어머님의 명을 받고 면회 온 두 동생에게 남긴 유언 중, "대한독립의 소리가 천국에 들려오면 나는 마땅히 춤추며 만세를 부를 것이다."라고 한 대목에서는 더욱 숙연해졌다. 서른두 살의 젊은 나이에 저렇게도 투철한 세계관과 애국심, 충성심 그리고 높은 기개와 깊은 식견을 겸비한 대한국인(大韓國人)이 계셨음이 자랑스럽다. 의사께서는 분명 오늘날 역동하는 우리나라의 초석이 되신 분이시다. 비록 일제로부터 해방된 나라가 남과 북으로 갈라져 통일을 이루지는 못하였지만 대한민국의 국력이 비상하는 모습을 천국에서 보실 때 춤은 못 추실지라도 흐뭇하게는 보시리라 생각되었다.

기념관을 나오는 출구 벽에는 신축 성금을 기탁한 분들의 이름이 황금색으로 선명히 새겨져 있다. 그 이름들을 훑어보다가 손자가 어느 곳에 멈춰 내 손을 꼭 잡는다. 제 할아비의 이름을 발견한 것이다.

남산에서 광화문에 이르는 길은 서울의 중심축이다. 우리는 일제가 만들어 강압으로 참배케 했던 '조선신궁'을 오르내리던 계단을 내려오면서 일본제국주의의 우리 국권 찬탈(簒奪)과 그들의 만행 이야기를 주고받았다. 불에 탄 숭례문 복원 현장을 지나면서는 불의의 화재에 얽힌 국보 1호 이야기도 그는 흥미롭게 듣고 많은 질문도 쏟아냈다.

새로 만들어진 광화문 광장에 이르니 충무공 이순신 장군의 동상이 우리를 위엄있게 내려 보고 있다. 그 북녘 편에 순백의 세종대왕 좌상이 인자한 풍모로 우리를 맞이하고 올해 복원한 광화문과 그 현판도 선명하게 눈에 들어온다.

지하에 내려가니 가을의 막바지가 아쉬운 듯 인파가 붐빈다. 어린아이들의 손을 잡고 관람하는 젊은 부모들이 대부분이다. 그들을 보면서 우리의 앞날이 더욱 밝을 것이라는 생각이 스쳐간다. '세종 이야기'와 '충무공 이야기' 코너를 보며 학습할 수 있도록 지하 광장의 동선과 편의 시설들이 짜임새 있게 갖추어져 있다. 인류 역사에 빛나는 한글을 창제하시고 많은 과학적 업적을 남기신 성왕(聖王)과 나라를 누란의 위기에서 구하시고 세계 해전사(史)에 길이 남을 전공을 세우신 성웅(聖雄)을 함께 기리고 공부할 수 있게 조성된 서울 광장은 어린이들에게 교육적 가치가 매우 높아 보인다. 손자는 학교에서 배우고 책에서 읽은 것들을 기억하며 진열된 사료(史料)와 영상을 열심히 익히는 것 같다. 때로는 자기 지식도 들려주는 여유를 보였다.

손자와 함께 한 일요일은 즐겁고 유익했다. 세종대왕의 위대한 업적과 충무공 이순신의 '필생즉사, 필사즉생(必生卽死, 必死卽生)' 정신, 일제에 짓밟힌 나라를 구하기 위해 '위국 헌신(爲國獻身)'하신 안중근 의사의 숭고한 정신. 이 세 분은 분명 우리 민족을 떠받치는 초석이시다.

비록 손자가 내 곁을 떠나지만, 이분들의 정신을 오래도록 기억하고 본받으면서 자라기를 바란다. 오늘은 헛되지 않고 뜻 깊은 날이다.

(2010.)

중국에서 중국을 생각한다

중국이 자랑하는 동방명주(東方明珠)의 회전전망대에서 상해 전경을 바라보고 있다. 발아래 황포강(黃浦江)은 누런 강물을 토해내면서 장강(長江) 하구를 향하여 유유히 흐른다. 강 양편에는 백층을 넘나드는 초고층 빌딩들이 중국의 오늘을 뽐내고 있다. 강 건너에는 와이탄[外灘]공원이 강줄기를 따라 길게 가물거린다.

이 공원은 청나라가 아편전쟁에서 패하면서 서구열강이 상해를 조계지(租界地)로 차지하고 조성한 곳이다. 공원 곳곳에는 "중국인과 개는 출입을 금함"이라는 표지판이 있었다고 하니 소위 중화사상으로 무장되었던 중국인들에게는 치욕적인 역사의 유물이 아닐 수 없다. 이 공원을 따라 당시 유럽의 행정기관, 금융기관, 상사 건물들이 서구식 건축양식으로 들어섰고, 지금은 현대식 고층빌딩 숲을 등지고 보존되고 있다. 청나라 말기와 현대가 묘하게 대조를 이루고 있는 풍경이기도 하다.

아편전쟁에 이은 중일전쟁의 패배, 공산화 등으로 이어졌던 중국의 근세 백여 년 역사는 치욕과 암흑으로 점철되었다. 그러던 중국이 덩샤오핑의 개혁개방 정책을 계기로 눈부시게 발전하고 있다. 상해는 명실공히 중국의 경제와 상업의 중심지요, 인구 삼천만 명을 넘는 국제적 거대 도시다.

20여 년 만에 이곳에 선 감회가 새롭다. 나는 부동산 개발사업을 하기 위하여 미화 삼천만 달러를 손에 쥐고 중국의 주요도시를 다녔다. 당시에는 중앙정부나 지방정부 할 것 없이 외국 자본을 끌어들이기 위해 혼신의 노력을 기울이던 시기다. 어디를 가나 외사담당 직원들이 친절하게 안내했고, 내가 필요하면 성(省)의 서기나 성장도 만날 수 있었다. 그들은 자기 지역의 장점과 지원 정책을 설명하면서 사업 유치를 위하여 열을 올렸다. 무엇이든지 도와주겠다는 달콤한 말들을 토해냈다. 우리나라의 경제성장을 부러운 눈으로 바라보고 그것을 배워서 자기들 것으로 만들려고 혈안이 되었다. 지금 생각하면 그들의 외자유치 경쟁은 비굴할 정도로 저자세였다.

상해에 현지 법인을 세우고 사업에 착수했다. 부시장을 비롯하여 여러 관리들을 만나서 사업을 구체화했다. 당시는 상해시 당서기를 하던 장쩌민[江澤民]이 국가주석으로 승진하면서 소위 상하이방[上海幇]이 형성되었던 시기다. 그러니 고위관리들의 사기는 높았고 외자유치 실적은 곧 그들의 출세가도이기도 했다.

사업 대상지는 널려 있었지만, 중심지에서 좀 떨어진 넓은 지역을 선정하고 아파트 건설 사업에 착수했다. 시간이 지나면서 중국 생활에 익숙해지고 많은 인맥도 넓혀갔다. 중국 사업에 확실한 기초를 닦은 후 후임자에게 물려주고 귀국할 생각을 하면서 열성을 쏟았다. 그러나 뜻하지 않은 고국의 금융위기로 사업을 정리하고 본국으로 발길을 돌리는 아쉬움을 남겼던 곳이 상해다.

지난 이십여 년 동안 중국은 '세계의 공장'으로 성장하였다. 군사적으로나 외교적으로 미국과 함께 어깨를 겨루는 대국이 되었다. 그 과정에서 우리나라의 경제적 도움을 많이 받았다. 이들은 우리의 자본과 기술, 원자재, 중간재, 소재(素材) 등을 마구잡이로 받아들였다. 정치적으로는 '조선반도의 비핵화'를 주장하면서, 속으로는 북한을 도와서 핵개발을 묵인하는 이중 정책을 지속해오고 있음도 만 천하가 다 알고 있다.

북한은 핵의 소형화와 그 운반 수단인 미사일 개발에 매진하여 핵의 실전 배치 단계에 이르게 되었다. 이제는 우리나라와 동맹국인 미국을 핵으로 위협하고 있다. 한·미 양국은 북한의 핵과 미사일에 대처할 수단으로 사드(THAAD·고고도미사일방어체계)밖에 없다는 결론을 내리고 이를 한국에 배치하기로 결정하기에 이르렀다.

이에 중국이 자국에 대한 군사적 위협이라며 강력히 반발하고 나선 것이다. 자국인들의 한국 관광을 금지시키는가 하면, 한류 문화를 배척하고 조직적으로 한국 상품 불매운동을 벌이고 있다. 그런가하면 언론 매체를 총동원하여 반한 감정을 부추기더니 이제는 정부대변인까지 나서서 갖은 위협을 가하고 있다. 동원할 수 있는 모든 치졸한 수단으로 우리나라를 겁박하고 있는 것이다.

자기들은 가공할 군사장비로 우리를 훤히 들여다보면서 우리의 방어 무기에 대하여 왜 이렇게 알레르기 반응을 보이는 것일까. 불과 이십여 년 전 '한국'과 '한국인'을 그렇게 부러워하고 비굴할 정도로 매달리던 이들이 하루아침에 변신한 것일까. 아니다. 본질은 다른 곳에 있는 것 같다. 이들에게 한국은, 과거 오랜 역사 속에서 자기들의 지배를 받던 변방의 속국이라는 향수가 뼛속까지 젖어 있는 것이다. 특히 6·25한국전쟁 때는 중공군을 파병하여 통일 일보 직전에 남북 분단을 고착화시킨 장본인들이기에, 한국이 잘되는 것이 배가 아픈 것이다. 이 기회에 한·미동맹을 이간시키고 우리를 자기들의 입맛대로 끌어들이려는 속셈을 드러내고 있는 것이다. 우리에게 '중국은 원래부터 이런 나라'다.

내 마음 속에서는 이런 생각들이 용솟음치고 있다.

중국인들이여! 대한민국은 과거의 조선이 아니다. 우리는 산업화와 민주화를 지나 정보화와 고도의 문화국가로 진입하고 있다. 당신들보다 앞에서 달려가고 있는 나라이다.

당신들도 안보가 무너지면 나라가 어떻게 되는지 근세 백여 년의 굴욕적인 역사에서 경험하지 않았는가. 그대들의 입맛대로 인접국의 안보를 그렇게 위협하는 일을 비겁하고 치졸한 일이다. 우리는 모든 희생을 감내하고라도 안보를 지켜야 할 나라다.

나라를 지키기 위해서는 당당하게 걸어갈 것이다. 비장한 결심을 굳히고 아래를 보니 거대한 상해도 발아래 황포강변에서 가물거릴 뿐이다.

(2017.)

제3부

신선한 이 새벽에

신선한 이 새벽에

동해 먼 바다로 지나가는 태풍의 영향으로 어제 오후에는 소나기성 폭우가 쏟아졌다. 모처럼 시원한 날씨에 빗소리의 음률에 맞추어 낮잠에 취했다. 그 여파일까. 새벽 두 시에 잠에서 깬 나는 다시 잠이 들 기미가 보이질 않는다. 침대에서 일어나 창문을 열었다. 맑게 갠 하늘에는 새벽 별들이 성글게 반짝이고 신선한 바람이 얼굴을 스친다. 책꽂이를 살피다가 법정 스님이 남긴 ≪새들이 떠나간 숲은 적막하다≫를 뽑아 들었다.

〈신선한 아침을〉이란 제목에 끌려서 그 어른은 이른 아침에 무엇을 하고 무슨 생각을 했을까, 흥미 있게 읽어 내려갔다. 글은 마당에 지천으로 돋아난 잡초를 뽑는 즐거움을 이야기하다가 반전한다. 나를 일깨워주는 문단이 마음을 잡아당긴다. "지난 7월 한 달, 우리는 삼풍백화점 붕괴 참사에 모두가 짓눌려 그 고통과 울분을 나누어 갖지 않을 수 없었습니다. 그것이 오늘의 우리 얼굴이고 존재양식이라고 생각하니 그저 참담할 뿐이었습니다." 이어지는 글에서는 당시의 정치꾼들, 건물주와 건축업자 그리고 부패 공무원에 얽힌 이야기들을 진솔하게 거론하며 "오늘을 사는 우리에게는 그 책임이 없느냐?"고 일갈한다. 선진국의 문턱이라는 것이 쉽게 밟을 수 있는 것이 아니라고 힐책하고 있다.

삼풍백화점 붕괴 사건은 벌써 20여 년 전에 일어난 사고다. 그동안 우리나라에는 크고 작은 사고들이 이어졌다. 그 때마다 온 나라가 떠들썩하고 '네 탓' 공방이 이어졌다. 재발방지책이란 것들도 쏟아졌다. 그러나 결과는 조금도 나아진 게 없는 듯하다. 세월의 추를 한 세기 이상이나 돌려놓은 듯 '세월호 참사'가 또 터졌다. 초대형 참사다. 수학여행 길에 오른 고등학생 200여 명을 포함해서 인솔 교사 등 300명이 넘는 인명을 진도 앞바다에 수장시켰으니 이보다 큰 참담함이 어디에 있단 말인가.

이 참극도 20여 년 전 삼풍백화점 붕괴 사건과 다를 바가 없다는 생각에 이르니 마음이 참담하기 그지없다. 선주의 탐욕, 선장과 선원들의 무책임한 탈출, 당국의 안일한 대처, 선사와 관계기관의 유착 등 삼풍백화점 붕괴 사건과 판박이라는 생각이 앞을 가로막는다. 우리는 유사한 큰 사건들이 터져도 왜 개선의 기미를 보이지 않는 것일까. 개선보다는 오히려 더욱 교묘하고 치밀한 적폐가 쌓여서 더 큰 사건이 터진다. 아마 법정 스님이 살아 있어서 이아침에 글을 썼어도 20여 년 전과 같은 한탄을 했을 것이란 생각이 든다.

세월호 사건이 터진 지 3개월을 훌쩍 넘긴 오늘까지도 진도 앞바다에는 십여 구의 시체가 수장된 채 유족들은 발만 동동 구르고 있다. 구조 작업은 더 이상 진전이 없다. 그 뿐이랴, 무슨 '특별법'을 만든다면서 정치권은 당리당략에 얽혀 허송세월을 하고 있다. 유가족들은 순수한 슬픔을 넘어 듣기에도 민망할 정도로 요구가 거세지고 있다. 원인을 제공한 당사자는 원인 모를 죽음으로 발견되고, 보전되어야 할 선사 측 재산은 점점 오리무중이니 피해 보상금은 국민 세금으로 메워야 할 지경이다. 이렇게 커지는 요구들에 부응을 하다 보면 국가보위를 위해 전사한 장병들은 어찌할 것이며, 과거 유사한 사건 · 사고로 숨진 유족들에 대한 보상은 어찌할 것인가. 또 앞으로 유사한 사고가 나지 말라는 법도 없지 않으니 형평성을 찾기가 어려울 것이라는 생각이 앞선다. 새벽에 깨끗해야 할 머리가 더욱 복잡해진다.

더욱 큰 문제는 대형 사고가 터질 때마다 그 책임이 특정 계층에게만 있는 것이 아니라는 점이다. 오늘을 사는 우리들 전체의 모습이요, 국민의식 수준의 산물이란 데 심각성이 있는 것이다. 이것들이 지금 거론되고 있는 무슨 '국가개조론'이나 '국가혁신론'으로 개선될 듯싶지 않아 답답하다.

국민의 의식이 확 바뀌지 않고는 무엇이 바뀔 것 같지가 않다. 남을 배려하지 않는 의식, 나를 희생하지 않는 의식, 남을 탓하는 의식이 바뀌지 않고 사회가 변화할까. 아무리 작은 것이라도 자기 희생은 아픈 것이지만, 조금씩 참고 사회에 공헌하는 국민이 되었으면 좋겠다.

이러한 참사 이후에도 우리 주위를 보면 한심하기 이를 데 없다. 좀 한적하다 싶으면 버스들은 앞에 빨간 불이 보여도 어김없이 달린다. 무슨 양심의 표시인지 후미등을 깜박이고 달아나는 것을 보노라면 더욱 한심한 생각이 든다. 이들이 승객을 내버려 두고 속옷 차림으로 빠져 나가는 선장의 궁둥이와 무엇이 다른가. 교통신호 하나 지키지 않는 것이 버스 기사뿐인가. 고급 승용차를 몰고 가는 운전자도 교통법규 위반을 밥 먹듯이 한다. 이런 유사한 행위는 우리 사회 전반에 마치 암세포와도 같이 퍼져 있다. 모두 남 탓에 열을 올리고 내가 달라져야 한다는 생각은 뒷전이다.

아침 공기는 더없이 상큼하고 햇살은 동천으로 퍼지는데 생각은 혼란스럽다. 정녕 우리나라는 선진국의 문턱에서 주저앉고 마는 것인가. 나부터 달라져야 할 점은 무엇일까. 오늘부터라도 열심히 찾아서 꼼꼼하게 실천해 보아야겠다.

(2014.)

러시아 사할린 외항인 코르시코프 항구는 사할린 동포들에게는 원한이 맺힌 곳이다. 일제가 태평양전쟁에서 패하면서 자기네 군인과 군속, 민간인들까지 철수시키고 한인들에게는 다음 배에 철수시킬 것이라고는 말을 남기고 다시 들어오지 않은 곳이다. 항구의 바로 남쪽이 일본의 홋카이도다.

일제에 의하여 사할린으로 강제 징용된 노동자들은 이 항구의 언덕에 앉아 철수선이 오기만 기다리다가 자기들이 일하던 탄광촌 등으로 뿔뿔이 흩어졌다. 대부분은 굶주림과 알코올, 마약으로 중독된 몸이었다고 했다. 그렇게 구 소련의 철의 장막에 갇힌 한인이 오만여 명에 달했다.

나는 아버지 산소를 찾아 사할린으로 가서 이 항구에 얽힌 사연을 듣고 언덕에 앉아 하염없는 눈물을 쏟았다. 아버님의 유해를 봉환하면서 그루지야 작가가 그린 이 항구 그림 한 점을 가지고 와서 아버님의 영정처럼 모시고 있다.

이 수묵화는 그루지야 작가의 그림을 보고 그 날의 항구 모습을 상상해서 그린 것이다.

풍경화 속의 아버지

우리 집 거실에는 풍경화 한 점이 걸려 있다. 러시아 사할린의 코르시코프 항구를 배경으로 그린 유화다.

푸른 언덕 위에 쓸쓸히 서 있는 자작나무 몇 그루, 한 모퉁이에 옹기종기 모여 있는 러시아 특유의 검은 목조 주택 몇 채, 회색빛의 뿌연 바다, 가까운 수평선에 낮게 드리운 잿빛 구름, 전쟁 물자를 수송하기 위해 분주히 드나들던 수송선들을 과거에 묻어 버린 채 한산한 잿빛 항구, 나는 이 그림을 사할린에서 가슴에 품고 귀국하여 거실 벽 중앙에 걸어 놓았다.

어머니는 거실에 앉으시면 이 그림을 유심히 보시며 상념에 잠기시곤 했다. 나는 그 그림을 볼 때마다 아버지의 한 많은 일생이 떠오른다.

아버지는 스물여섯 젊은 나이에 일제(日帝)의 강제징용으로 당시 일본 영토였던 사할린의 탄광으로 끌려가셨다. 내 나이 여섯 살 때이니 기억조차 희미하나, 어머니의 말씀이나 한숨 소리에서 묻어나는 아버지에 대한 그리움을 가슴속에 안고 성장했다. 그곳은 자원이 풍부하여 일본의 전쟁 물자 보급 기지가 되었고 수많은 우리 젊은이들이 강제로 징용되었던 곳이다. 전쟁은 끝났으나 아버지는 귀국하지 못하였고 그곳에서 억류 생활을 하시게 되었는데, 남편의 귀국만을 기다리며 애를 태우시는 어머니의 모습은 어린 내 가슴을 언제나 아프게 하였다. 어머니는 우리 삼 남매를 기르시며 낮에는 농사일과 밤에는 길쌈에 매달리셨다. 그러나 당시 만연했던 몹쓸 병으로 큰딸과 막내딸을 차례로 가슴에 묻는 아픔도 겪으셨다.

동서 냉전이 해빙되면서 구 소련과의 국교도 정상화되고 40여 년간이나 철벽 같이 막혔던 사할린 소식도 듣게 되었다. 아버지의 소식은 청천벽력과도 같은 것이었다. 아버지는 귀국이 기약할 수 없게 되자 같은 처지에 놓인 여인을 만나 딸 하나를 두었으나 그 생활도 불과 4년을 좀 넘기고 36세란 젊은 나이에 병사하셨다는 비보였다.

나는 사할린행 비행기에 몸을 실었다. 불과 세 시간 남짓한 거리가 40여 년간이나 철벽같이 막혔던 그곳에서 아버지가 돌아가셨다니 선뜻 받아들여지지가 않았다. 공항에 내려서 그곳 여동생의 마중을 받았다. 처음 본 동생의 모습은 사진 속에서 기억하는 아버지의 모습을 빼닮았다. 공항에서 멀지 않은 동생 집에서 밤이

깊도록 지난 이야기를 들었다.

아버지는 너그러운 성품에 풍류도 즐겼으며 남을 돌보는 일도 남달랐다고 하였다. 내가 어릴 때 아버지 친구들로부터 듣던 그 모습 그대로였다. 탄광에서도 간부로 일하셨고, 억류 중에도 함께 간 젊은이들을 극진히 보살폈다고 했다. 그러던 중 한 젊은이의 결혼식에 가셨다가 불의의 사고로 가슴을 다치게 되었고 그 후유증으로 늑막염을 얻어 유명을 달리 하셨다고 들려주었다.

다음 날부터 아버지의 흔적이라도 찾아보기 위해 여기저기 돌아다녔다. 처음 간 곳이 유택이었다. 공동묘지에 안장되셨고 러시아식 비석이 세워져 있었다. 무덤 바로 앞에는 상록수 한 그루가 자라고 있었다. 그 나무에 무슨 사연이 있느냐고 묻자, 아버지가 '달밤에 나와서 나무 밑에 앉아 놀라'고 친구들이 묘목을 심은 것이라고 했다. 아버지는 친구들 기원대로 그 나무 밑에 나와 보셨을까, 나오셨다면 무슨 생각을 하셨을까. 이런저런 생각을 하니 가슴이 미어지는 것 같았다. 묘소 앞에 엎드려 고국의 소식을 말씀드렸다. 그리고 편히 쉬시라고 명복을 빌었다. 손수 지어 사시던 목조 주택을 찾으니 집은 낡았고 그 집에 사는 러시아인 노부부가 아버지의 생전의 모습을 들려주었다. 강제 동원되었던 광산촌은 폐허가 된 채 녹슨 고철 더미만 나뒹굴며 고난에 찼던 옛이야기들을 들려주는 듯하였다.

마지막으로 찾은 곳이 사할린 외항 코르샤코프였다. 일본이 패전하면서 자국민은 본국으로 철수시키고, 한국인들에게는 다음 배로 철수시키겠다고 약속하고는 귀국선은 영영 보내지 않았던 곳이다. 내가 본 바다는 짙은 회색빛이었으며, 수평선 가까이 낮게 깔린 잿빛 구름은 금방이라도 무엇을 쏟아낼 것같이 을씨년스러웠다. 이곳에 모였던 수많은 한인들은 귀국선을 기다리다 지쳐 술과 마약으로 몸과 마음이 피폐되어갔고 끝내는 뿔뿔이 흩어진 곳이라니 내 눈에서는 하염없이 눈물이 쏟아졌다.

나는 아버지의 유해를 당장 모셔올 수는 없었다. 그것은 40여 년간 묘소를 지키고 제사를 지낸 그곳의 가족에게 도리가 아닌 것 같아서였다. 그래도 어쩌랴, 이곳 어머니도 자꾸 연만해 가시니 그로부터 8년 후에 여동생과 함께 유해를 봉환하여 고향의 양지바른 가족 묘지에 안장해 드렸다. 동생도 장례 절차를 마치고 흡족한 마음으로 러시아로 돌아갔다. 아버지와 어머니가 이제 한 봉분 안에 나란히 누워계신다. 부디 이승에서 못다 한 부부의 정을 저승에서라도 나누셨으면 한다.

거실에 앉아 그 풍경화를 바라보면 우리 가족의 한 서린 지난 일들이 꼬리를 물고 이어진다. 나는 늘 그 속에서 아버지의 모습을 본다.

(2011.)

도토리들의 수난

아침 공기가 며칠 전과는 완연히 다르게 시원하다. 말복이자 입추가 지난 주말이다. 하늘도 높아지고, 북악산 위로 떠오르는 햇살도 열기가 한풀 꺾인 모습이다.

별 달리 할 일이 없는 주말이지만 산이 부르는 유혹을 떨칠 수 없다. 간단한 등산복 차림으로 집을 나섰다. 산행하는 동안 바람은 아침보다 강해졌다. 몇 주 동안 계속된 무더위를 싹 쓸고 가는 바람이 가슴속까지 스며든다. 계곡의 물소리도 평소보다 몇 옥타브는 높은 울림으로 요란스럽다. 왕매미들은 생을 마감할 때를 슬퍼하는 듯 처절하게 울어댄다. 계절의 순환은 참으로 오묘하다. 얼마를 더 오르니 여물어가는 도토리들이 받침 잎사귀 서너 개씩을 달고 떨어져 길섶을 파랗게 덮고 있다. 순간 '이놈들이 또 몹쓸 짓을 했구나.' 하는 생각이 스쳤다.

몇 년 전 태풍이 지나간 후 산을 오를 때다. 떨어진 참나무 가지들이 어지러울 정도로 산길을 덮고 있었다. 거기에는 여물지 않은 도토리들도 함께 희생양이 되어 있었다. 참 이상하다는 생각을 했다. 참나무는 다른 나무에 비해 줄기가 강한데, 바람에는 이렇게도 약할까 하는 의문을 품은 채 하산한 바 있다.

그 후 〈도토리거위벌레〉 이야기가 어느 신문에 실렸다. 이 벌레는 몸길이가 1센티 정도 되는 곤충으로 7~8월경 풋도토리에 구멍을 뚫고 알 하나를 낳은 후 예리한 톱 모양의 주둥이로 도토리가 달린 가지 끝을 무참히 잘라버린다. 그 이유는 도토리가 여물기 전에 애벌레가 부드러운 육즙을 파먹고 자라도록 하기 위해서란다. 더욱 신기한 것은 풋도토리가 두세 개 잎을 낙하산 삼아 땅에 떨어지도록 그 순(筍) 끝을 자른다. 자란 유충이 밖으로 기어나와 땅 속에 묻혀 겨울을 나게 하는 과정이다. 겨울을 난 유충은 봄이면 밖으로 나와서 참나무 가지 위로 올라가 번데기로 변했다가 칠월경에 성충이 되어 풋도토리를 뚫고 거기에 알을 낳는다.

곤충학자도 아니면서, 도토리거위벌레의 일생을 장황하게 늘어놓는 까닭은, 종을 퍼뜨리는 방법이 신기에 가깝기 때문이다. 겨울을 땅 속에서 난 애벌레가 봄에 밖으로 나와 어떻게 참나무를 찾아 올라갈까. 성충은 무슨 촉각으로 계절의 변화를 그렇게도 정확하게 알아낼 수 있을까. 신비한 것이 한둘이 아니다.

도토리는 여물기도 전에 이렇게 모진 수난을 당한다. 그 중에 살아남아 여문 도토리는 가을에 땅으로 떨어져 종을 퍼트린다.

이것이 도토리가 종을 퍼뜨리는 수단이다. 그러나 땅에는 또 다른 포식자들이 기다리고 있다. 다람쥐며 토끼 등 산짐승들이 사정없이 먹이로 낚아채 간다. 다람쥐들은 부지런히 주워다가 겨울 양식으로 갈무리한다. 도토리의 포식자는 비단 이들만이 아니다. 사람들까지 가세하여 도토리의 씨를 말리려 달려드니 도토리의 팔자는 참으로 기구하다 .

산길을 내려오면서 여러 가지 상념에 사로 잡혔다. 도토리거위벌레들은 자기의 종을 퍼트리는 일을 성공적으로 마치고 어디로 자취를 감추었을까. 주위를 살폈지만 간 곳이 없다. 성공했다는 희열을 안고 사라졌을 그 놈들이 밉기까지 했다. 참나무는 난폭한 천적에게 공격을 당하여 품안의 어린 자식들을 속수무책으로 잃었으니 얼마나 비통할까. 그러나 나무는 아무런 표정 없이 그저 바람이 부는 대로 흔들거리고 있다. 남은 열매라도 잘 보듬어서 여물게 하려는 몸부림같이 느껴지기도 한다. 나무라고 왜 아픔이 없겠는가. 나의 눈에만 그저 무심하게 보일 뿐일 것이다.

자연계의 먹이사슬은 이렇게 냉혹하다. 먹고 먹힘은 자기 종의 생존과 번식을 위한 처절한 전쟁이다. 자연계에서 제일 많은 혜택을 누리는 것은 인간일 것이다. 자연을 마구잡이로 파괴하는 것도 인간이요, 보존할 책무도 인간에게 있다. 인간은 어찌 보면 먹이사슬계의 거대한 포식 동물이다. 그러나 과욕은 부리지 말아야 한다. 백수의 왕이라는 사자들을 보라. 그들은 힘들여 사냥한 먹잇감이라도 절대로 과식하는 법이 없다. 배가 부르면 먹다가 남겨 놓고 어디론가 가버린다. 그 뒤는 하이에나 무리와 독수리들의 차지다.

배가 고팠던 시절에는 도토리라도 주워서 허기진 배를 달랬지만, 이제는 우리만이라도 도토리를 마구 채취하지 말고 보호하면 좋겠다는 생각이다. 개발이라는 명목 등으로 인간이 자연을 훼손하는 사례가 얼마나 많은가. 자연의 극심한 훼손은 부메랑이 되어 인간의 삶을 황폐화한다. 그래서 우리에게는 물 한 방울, 풀 한 포기, 곤충 한 마리까지도 사랑하고 아껴야 할 막중한 책무가 있는 것이다.

구황식품이었던 도토리가 이제는 기호식품의 일종이다. 그 기호를 멀리한다 해도 아무런 문제가 없을 것이다. 우리 인간만이라도 도토리를 자연으로 돌려주자는 생각을 하면서 산을 내려왔다.

산 밑 즐비한 막걸리 집들의 메뉴판에는 여전히 '도토리묵'이 선명하다.

(2016.)

마루, 그 정겨웠던 곳

가을 하늘이 맑다. 맑다고만 표현하기엔 너무 푸르고 높다. 바람도 시원하다. 이런 날 오후 나는 큰 대청마루에 서 있다. 답답하던 가슴이 시원하게 뚫리고 머리마저 맑아진다.

오랜만에 용산에 있는 국립중앙박물관에 갔다. 시간을 여유있게 냈으므로 해설사의 해설을 들으면서 느긋하게 관람하기로 했다. 훤칠한 미모의 중년 여성은 낭랑한 목소리와 예의바른 자세로 해설을 시작했다.

전시물을 해설하기 전에 박물관의 연역과 개요를 설명했다. 이 건물의 설계를 전 세계 건축가들에게 공모하여 삼백여 점의 응모작이 접수되었는데 그 중에서 국내 건축가의 작품이 선정되었다. 거대한 건축물을 전시동과 사무동으로 나누고, 그 중간을 우리 한옥의 대청마루 이미지로 연결한 점과 외관을 편안한 성곽으로 형상화하여 귀중한 문화재가 안전하게 보존되도록 한 발상이 합격점을 받았다는 것이다. '국립중앙박물관의 대청마루', 예전에는 무심히 지나쳤던 곳이었는데 듣고 보니 그럴 듯했다.

중요 전시물들을 돌아 본 후에 대청마루로 나왔다. 뒤로는 멀리 남산타워가 보이고 확 트인 앞으로는 잘 가꾸어진 정원, 거울 못, 야외석조공원, 종각, 전통염료식물원 등이 시원하게 한눈에 들어온다.

중앙박물관을 이곳에 옮겨 짓기로 결정했을 당시에는 여러 가지 다른 의견도 많았다. 우선 박물관으로 사용하던 일제의 조선총독부 건물을 철거하는데 대한 반론도 만만치 않았고, 이 지역이 주한 미군 주둔지의 끝자락이라서 우리 역사 유물을 전시하는 중앙박물관으로 적당한 자리냐는 등 정체성 논란도 있었던 곳이다. 그러나 개관 10년이 지난 지금 이곳에 서니 당시의 반론들은 반대를 위한 반대였다는 생각이 든다. 더구나 주한 미군의 용산 기지가 옮겨가고 그 자리에 공원을 조성한다니 이 박물관은 서울 중심축의 연장선상에 놓이게 된다. 이곳만한 곳이 또 있을까 싶다. 세계적인 박물관들과 견주어도 손색이 없을 듯하다.

마루는 우리 한옥의 고유 공간이다. 오랜 세월 우리 문화를 잉태하고 보듬어 온 곳이다. 용도와 크기에 따라 툇마루, 쪽마루, 대청마루 등으로 구분되고, 땅바닥과 사이를 띄우고 그 위에 널빤지를 깔아 놓은 평범하고 소박한 열린 공간이다. 널빤지는 아름드리 소나무를 켜서 넓게 다듬은 원목을 사용했다. 오래 될수록 원목에서 배어 나온 송진과 아낙네들이 열심히 닦아대는 손때가 어우러져서 질박한 아름다움을 더해간다.

이곳은 집안일을 치러내는 일터요, 누구나 앉아서 정담을 나누는 이야기터였다. 때로는 과객(過客)이 걸터앉아 쉬어가는 곳이기도 했다. 그 뿐이랴, 날씨가 따뜻하면 온 가족이 오순도순 모여 앉아서 밥을 먹으면서 이야기꽃을 피우는 곳이었다. 시어머니와 며느리, 시누이와 올케가 다림이질이나 맷돌질을 하면서 친숙해지는 곳이요, 씨아질이며 물레질 등도 주로 여기에서 이루어졌다. 그런 마루가 이제는 사라지고 있다.

우리의 주거문화가 한옥에서 양옥으로, 양옥에서 아파트로 옮겨지면서 마루의 기능은 거실로 대체되었다. 전통적인 한옥 마루가 소통하는 열린 공간이었다면 지금의 아파트 거실은 외부와 단절된 곳이다. 기능이나 정서면에서 거실이 어찌 마루에 견줄 수 있겠는가.

일부 농어촌의 사위어져가는 한옥이나 한옥 보존지구 등에서 명맥만을 유지해 가는 마루를 중앙박물관에 형상화해서 거대하게 재현(再現)한 발상은 아주 참신하다. 이러한 구상을 설계에 반영한 건축가와 이를 채택한 관계자들의 혜안이 돋보인다.

박물관의 거대한 마루 위에 서니 잊혀져가던 추억들이 되살아난다. 어린 시절, 마루는 나 홀로 앉아서 밖에서 일하시는 어머니를 그리워하던 곳이었다. 아주 어릴 때는 어머니를 바라보며 기어가다가 토방(土房)으로 굴러 떨어진 적도 한두 번이 아니었다고 한다. 다섯 살쯤이었을까, 어머니와 동네 아주머니들이 앞마당에서 삼대 껍질을 벗기는 날이었다. 미끄러운 삼대 위를 뛰어가다가 넘어지면서 이마를 크게 다쳤다. 이마에는 피가 낭자했다. 아버지가 급히 나를 안고 마루에 앉아서 지혈을 시키고 옥도정기를 발라 주셨다. 당시의 상처로 지금도 내 이마 왼쪽에는 흉터가 남아 있다. 이 일이 내 기억 속에 선명하게 남아 있는 아버지의 유일한 모습이기도 하다.

우리 가문의 제사는 몹시 추운 겨울에 몰려 있어 제삿날에는 눈보라를 뚫고 종가에 갔다. 자정이 되어야 찬 물에 세수하고 대청마루에서 제사를 지냈다. 남자 제관들은 마루 위에서 예를 올리고 부녀자들은 앞마당에 멍석을 깔고 절을 했다. 제사 중에도 얼마나 춥던지 사지가 후들거렸다. 제사가 끝나면 할머니는 어김없이 과일이며 고깃점을 챙겨 주셨다. 아마도 그런 재미로 모진 추위도 마다 않고 어른들을 따라 험한 산길을 넘어갔는지도 모른다.

나와 같은 세대라면 누구나 마루에 얽힌 추억을 간직하고 있을 것이다. 추억의 내용은 다르겠지만, 어린 시절에 정겹던 가족들과 함께 한 마루에 얽힌 추억은 크게 다르지 않으리라.

사라지는 것이 아쉬운 것은 그리움이 있기 때문이다. 지금은 없어진 고향의 마루가 그리워진다. 어머님께서 차려내셨던 밥상에 둘러앉은 가족들의 모습이 그 마루 위에 어른거린다. (2015.)

골프코스 유감

코발트 빛 하늘이 높다. 시원한 가을바람도 싱그럽다. 잘 보존되고 가꾸어진 왕릉 앞에 모여드는 참배객들의 표정 또한 하나같이 밝다. 우리에게는 이미 낯이 설어진 천담복(淺淡服)에 오사모(烏紗帽)를 쓴 제관들이 부지런히 오가고, 오랜만에 만난 종친들이나 우리 같이 참반(參班)으로 온 사람들도 삼삼오오 모여 서로 인사도 하고 정담을 나누는 모습이 이채롭다.

조선왕조 제12대 임금인 인종대왕과 인성왕후의 효릉(孝陵) 제향(祭享)이 열리는 날이다. 나는 우연한 인연으로 2년째 참반으로 이 제향에 참석하게 되었다. 인종 임금은 재위 8 개월 만인 약관 서른한 살에 승하(昇遐)하시고 슬하에 자식이 없는 분이다. 그분 내외의 능은 고양시 서삼릉에 있다. 유네스코 세계문화 유산에 등재된 조선 왕릉의 하나이며 매년 구월 넷째 수요일에 고양시가 주최하고 전주이씨 대동종약원 주관으로 제향을 지내고 있다.

왕실의 제향은 어떻게 모실까. 궁금한 점도 있고 호기심도 자아내는 일이지만 순서는 일반 가정의 제사와 크게 다를 바 없다. 다만 모든 제찬이나 의식이 조선왕실의 고증에 준거(準據)한다. 특이한 점이라면 일반 가정에서는 제관이 두 번 절을 하는데 왕릉 제향에서는 모든 제관을 비롯한 참반원들이 엎드려서 네 번 절하는 것이 다를 뿐인 것 같다.

제향을 모시기 전 우리 일행은 잘 가꾸어진 잔디 위에 앉아 주위의 아름다운 풍경을 만끽하며 여러 가지 이야기를 하고 있었다. 그런데 이게 웬일인가. 능 앞 홍살문 방향으로 멀리 보이는 부드러운 구릉에 하나의 골프코스가 볼썽사납게 내리 뻗어 있다. 마치 큰 부상으로 인한 흉터 같다. 주위의 지세로 보아 우리나라 명문 골프장 중의 하나인 S컨트리클럽의 10번 홀이다. 그 홀의 티 그라운드에서는 정면으로 효릉을 바라보면서 티샷을 날리게 되어 있다. 일반 골퍼들이야 아무런 생각이 없이 골프를 즐기겠지만 왕릉에서 바라보니 묘한 생각이 스쳐 지나간다.

그곳에서 골퍼들은 왕릉을 향하여 골프채를 흔들어대고 공을 날려 보낸다. 이곳에 혼이 있다면 당신들을 향하여 흔들어대는 골프채도 버거울 것이고 정면으로 날아오는 공이 기분 좋을 리 없다. 왕조 시대 같으면 어림도 없는 일일 것이다. 능에서 멀리 떨어져서 하는 행위인데 큰 흠을 잡을 일은 못되겠지만, 왕릉에서 바라보니 다시 생각해 볼 일이다.

사실 S컨트리클럽의 역사도 좀 기구하다. 건국 이전에 외교 사절들을 위할 목적으로 조성된 유일한 골프장으로 육십 년대 중반까지는 능동에 자리 잡고 있었다. 그러던 중 골프장은 시내에서 좀 떨어져 있어도 되지만, 어린이들을 위한 시설은 시내에 있어야 한다는 당시 대통령 내외분의 의견이 있은 후 그 자리에는 어린이 대공원이 조성되었다. 골프장은 이곳으로 옮겼다.

서울에 아시안게임을 유치하면서 골프코스를 확장하고 아시안게임의 골프경기를 훌륭히 치르기도 했다. 그러면서 그 역사성과 서울에 인접한 지리적 이점 등으로 오늘의 명문으로 자리매김하고 있다.

10번 홀은 설계 당시에 조금만 생각했더라도 충분히 비켜서 조성할 수 있었을 것이다. 땅도 넓고 구릉도 완만하니 설계의 유연성이 얼마든지 있었을 것이다. 그러나 당시의 설계자나 문화재청, 더욱이 전주이씨 대종약원도 그런 생각을 못했을 것이 분명해 보인다.

우리는 개발이라는 명분으로 얼마나 많은 자연을 훼손하였으며 지금도 훼손과 잠식은 계속되고 있다. 경제를 발전시키고 삶의 질을 높이기 위해서는 어쩌면 불가피한 일이 대부분일지도 모른다. 하지만 어떠한 명분으로라도 개발과정이 마구잡이여서는 반드시 후회하게 된다. 그러나 이러한 일은 수없이 되풀이되고 있다. 문화재 보호도 그렇다. 지정 문화재 주위가 어디 한 곳이라도 온전한 곳이 있던가. 문화재 보호법이란 게 그저 주위의 일정한 거리 안에서만 개발행위를 규제하고 있기 때문이다.

법 이전에 여기서 바라보는 저 10번 홀은 아쉬움이 많이 남는다. 조금만 옆으로 비켰더라도 저렇게 흉물스럽지는 않았을 것이다. 특히 유네스코에 등재된 세계 문화유산이기에 결과는 더욱 아쉽다. 왕릉 앞에 넓게 펼쳐진 그린벨트. 그 주위에 아름다운 소나무들이 무성하게 자랄수록 그 상처로 인한 흉터는 더욱 선명해질 수밖에 없을 것이다.

S컨트리클럽은 역사성으로 비추어볼 때 일반 상업적 골프 클럽과는 좀 다르다. 저 큰 흉터는 세계적인 문화유산을 보는 이들에게 남긴 오점이요, 골퍼들도 만일 이곳에 와서 본다면 저곳에서 티 샷 하기가 마음 편할 리가 없으리라. 망자들의 꿈자리인들 편하겠는가. 앞으로 골프장을 리모델링할 기회가 있을 경우, 이런 점도 고려하는 성숙한 의식으로 재정비하면 얼마나 좋을까.

(2013.)

딕슨만의 시원한 바람

말레이시아 남부, 말라카 해협에서 북쪽으로 멀지 않은 곳에 위치한 딕슨만. 팜스프링 리조트의 골프장에서 13번 홀을 마치면 에메랄드 빛의 아름다운 바다가 가슴에 안긴다. 광활한 수평선을 바라보며 야자수 그늘에 앉으면 남국 특유의 시원한 바람이 땀을 식혀준다.

우리 부부는 딕슨만을 바라보며 행복감에 젖는다. 때로는 홀 주변을 정리하던 인부가 코코넛 한 덩이를 들고 와서 갈라 주기도 한다. 넘실거리는 바다 물결과 시원한 바람, 거기에 코코넛을 더하니 이보다 좋을 수 있으랴 싶다. 여기에 앉으면 아름다운 옛 추억들도 아련하게 피어오른다.

부부가 노년을 맞으면서 한 가지 공유할 수 있는 취미를 갖기란 그리 쉬운 일이 아니다. 젊어서는 가난을 벗어나기 위한 몸부림, 경쟁에서 뒤지지 않기 위한 노력, 아이들 기르고 가르치는 열정,

어른을 모시는 일 등이 우리 시대 보통 부부들의 공통된 관심이며 가치였을 것이다. 그러나 공유하였던 가치들이 하나하나 곁을 떠나면 부부는 자연히 자기만의 취향을 찾아 제 갈 길을 가게 된다. 자연적으로 대화조차 뜸해지고 멀어지게 된다. 우리 부부에게 정(情)의 끈을 다시 매어 준 것이 골프다.

나는 퇴직하면서 실천할 몇 가지 목표를 세웠다. 그 중 한 가지가 골프를 체계적으로 연마하여 '싱글 핸디캡 골퍼'가 돼 보는 것이었고, 아내도 골프를 하도록 도와서 함께 즐길 수 있는 취미로 만들어 보는 것이었다. 퇴직할 무렵 몇 차례 아내에게 의향을 떠보았지만 시원한 대답을 얻지 못했다. 그도 그럴 것이 운동신경이 발달한 사람도 젊어서부터 해도 쉽지 않은 운동이 골프인데, 육십을 넘어서 시작하자니 선뜻 결심하기가 쉽지 않았을 것이다.

그러나 할인매장에 들러서 여성용 골프채 한 벌을 사서 집으로 배달시켰다. 아내는 마지못해 연습을 하다가 몇 번이나 포기하겠다는 의사를 비쳤지만 공이 한 타 한 타 맞는 재미로 점점 골프에 매력을 느끼는 것이었다. 그러던 중 결정적인 계기가 찾아왔다. 중학 시절부터 나와 절친했던 친구와 부부동반으로 태국으로 골프 여행을 가게 된 것이다. 아내는 친구 부인의 실력에 시새움도 발동하였을 것이고, 연습장에서 고생할 때보다는 이국의 광활한 필드에서 맛보는 희열에 재미를 더해갔다. 그 후로 열심히 노력하여 이제는 상당한 수준에 올라 있다. 그러니 우리 부부는 다른 데서는 이견이 있어도 골프에서는 서로 관심과 흥미를 공유하고 많은 이야깃거리도 만들어 낸다.

딕슨만에 위치한 팜스프링 골프장은 한국인이 경영하는 골프장이다. 특히 은퇴한 부부들에게 인기가 많은 곳이다. 그곳에 가면 많은 노부부들이 골프를 즐기고 있다. 거기서 즐기는 대부분의 노년들은 건강하지만, 그 중에는 암 등 어려운 병과 노인성 질환으로 투병하는 이들도 의외로 많다. 맑은 공기를 마시고 적당한 운동을 하고 병마로 인한 스트레스도 잊을 수 있으니 투병에도 많은 도움이 된다는 것이다. 그러니 대부분은 활기차고 웃음도 끊이질 않는다. 동반한 부인들이 더욱 즐거워한다. 밥 걱정, 빨래 걱정, 자식 손자 걱정, 남편 술 마시고 늦게 돌아오는 걱정 등 일생을 짓눌렀던 모든 시름을 다 털어버리고 둘만의 시간을 즐기면서 노년의 즐거움을 만끽한다. 공이 잘 안 맞으면 어떤가. 이런 정서와 자유, 일상에서의 일탈을 즐기는 것으로 만족한다. 한 가지 불문율은 서로가 상대의 골프에 간섭하지 않는 것이다. 좋은 샷을 할 때는 서로 칭찬을 아끼지 않는다. 즐거운 분위기를 사소한 일로 깨기에는 너무 아깝지 아니한가.

아내도 즐거워하고, 나의 골프 실력도 80대 전 · 후반을 넘나들었으니 목표를 세워 공들였던 두 가지가 달성된 셈이다. 목표를 이루는 것은 언제나 즐거운 일이다.

오후만 되면 시원한 바람이 불어오는 남국 특유의 계절풍도 골프의 맛을 더한다. 골프에 열정을 쏟고 즐거워하는 모습을 보면서 나 또한 노년의 아내가 사랑스럽게 느껴진다. 늙어가면서 행복은 다른 데 있는 것이 아니다. 부부가 건강하고 같은 취미를 가꾸면서 서로 즐기는 것, 그 이상의 행복을 어디에서 찾을 수 있을까. 우리 부부는 골프에서 이러한 소중한 것들을 찾았다. 여기에 내 고집을 버리고 '당신 말이 맞소!'만 생활화한다면 우리는 더욱 활기차고 행복한 노후를 보내지 않을까싶다.

딕슨만의 야자수 밑에서 함께 땀을 식히면서 도란거리는 우리 부부의 사랑이 새롭다.

(2011.)

삼정헌(三鼎軒), 그곳에 가고 싶다

책방에서 책을 고르다가 ≪다산의 재발견≫(정민 지음)을 집어 들었다. 호기심을 가지고 제목을 훑어 나갔다. 그중에는 최근에 발견된 다산 친필, ≪수종사시유첩(水鐘寺詩遊帖)≫ 전문 사본과 해설이 실려 있었다. 평소에 품고 있었던 삼정헌에 얽힌 의문을 풀 수 있을 것이란 생각에 책을 샀다.

운길산 중턱에 '두물머리'를 품고 고즈넉하게 자리 잡은 수종사는 유서 깊은 고찰이다. 나도 여러 번 찾은 곳이다. 젊은 시절에는 서울 근교 등산코스의 하나로 찾았지만, 요즘에는 법당 맞은편에 비켜서서 자리 잡은 삼정헌의 차향과 멀리 남한강이 품속으로 안기는 듯한 그 풍광이 그리워서 가고 싶은 곳이 되었다.

몇 년 전에 P와 함께 수종사를 찾았을 때다. 마침 부슬비가 내렸다. 법당 맞은편 담장에 기대어 내려다 본 두물머리에서는 물안개가 피어오르고 있었다. 이 물안개는 비를 머금은 주위의 산들과 어우러져서 장엄한 수묵화 한 폭을 연출하고 있었다.

그 아름다움에 취한 채 옆을 보니 팔작지붕에 툇마루가 앙증맞은 찻집이 보였다. 이름하여 삼정헌! 안에는 대여섯 개의 통나무 다탁(茶卓)이 놓여 있고 벽에는 다선일미(茶禪一味)라는 액자가 걸려 있는 소박한 모습에 눈길이 갔다. 보살 한 분이 차 시중을 들고 있었다. 정성스레 우려내는 차향도 좋았지만 매력적인 찻집의 이름에 끌려 그 뜻을 물었다. 조선시대의 명사들인 다산과 추사, 초의선사가 이곳에서 차를 마신 데서 유래된 이름이라고 했다. 나는 귀가 번쩍 트여 정확한 고증문헌이라도 있느냐고 물었지만 모르겠다는 실망스러운 답이 돌아왔다. 그 날은 다산 생가가 있던 두릉(지금은 댐으로 수몰됨) 근처의 다산기념관인 여유당(與猶堂)을 돌아보고 왔다.

그러나 삼정헌이라는 찻집 이름은 내 머릿속을 맴돌았다. 조선조의 정치가이며 실학자였던 다산 정약용과 대학자이며 불세출의 명필 추사 김정희, 동다송(東茶頌)을 짓고 다선일미 사상을 전파한 초의선사 장의순. 이 세 사람이 수종사에 함께 앉아 차를 마시며 시를 읊고 담론을 했다면 그것만으로도 조선 중기의 역사적 사건이 되었으리라는 생각이 들었다. 과연 이 세 사람이 그곳에 함께 있었을까. 그 사실(史實)을 찾아보았지만 내 짧은 식견으로는 허사였다.

같은 연배로서 절친한 친구이기도 했던 추사와 초의는 강진 땅에 유배 중이던 24년 연상의 다산을 찾아가 경서와 실학(實學)을 익혔다. 다산은 초의를 끔찍이 사랑하고 그가 환속하기를 권하기도 했다고 한다. 초의가 다산의 동다기(東茶記)에서 영향을 받아 명저 ≪동다송(東茶頌)≫을 남긴 점과, 추사가 초의에게 보낸 '명선(茗禪)'이라는 친필 등으로 미루어 세 사람은 조선조 중기 찬란했던 차 문화를 꽃피운 비조(鼻祖)들이기도 하다. 나는 그러한 사실을 인정하면서서도 장유유서(長幼有序)가 분명했던 그 시대에 비록 그리 멀지 않은 곳에 다산의 집이 있었다지만 세 사람이 수종사에 모이기는 쉽지 않았을 것이라 생각했다. 만약에 다산이 그의 집을 떠나 수종사에 오래 머물렀다면 두 사람이 문안차 들렀을 수도 있었겠지만 그러한 기록은 찾을 길이 없다. 초의는 주로 해남 등에 머물며 서울에 온 것이 두세 번에 지나지 않는다.

이러한 의문이 내 머릿속을 지배하고 있을 즈음 ≪수종사시유첩≫ 사본을 손에 넣게 된 것이다. 이 글의 유래를 살펴보면 초의가 수종사에 잠깐 머물 때였다. 다산의 아들 정학연을 비롯한 몇몇 친구들이 눈보라를 헤치며 수종사에 올라 함께 묵으면서 초의와 시회(詩會)를 가진 내용이다. 문장은 정학연이 정리하고 그의 아버지 다산이 친필로 발문을 써서 초의에게 준 글이다. 이로써 다산의 초의에 대한 지극한 사랑과 초의가 조선 사대부들과 광범하게 교류한 단면을 읽을 수 있다.

이 자료로 삼정헌을 작명한 유래가 어느 정도 이해가 되었다.

수종사에 초의가 머물다 간 것은 분명하지만, 그 찻집의 이름을 초의 한 사람에게서 유래하여 지었다면 멋이 덜했을 것이다. 차에 얽힌 당대의 유명한 다산과 추사를 초의와 함께 끌어들여 삼정헌으로 작명하였을 것이리라. 작명한 사람의 상업성과 예지가 번득인다.

수종사는 많은 전설을 품고 있다. 공식 사적기에는 '신라시대부터 내려오는 옛 가람'이라 기록되었다. 그러나 고려 태조 왕건이 이곳 부처님의 혜광(惠光)을 받고 고려를 건국했다는 설화가 전래된다. 더욱이 수종사라는 이름은 극히 전설적이다. 조선조의 세조가 금강산을 다녀오는 길에 두물머리 근처에서 하룻밤을 지냈을 때다. 새벽에 들려오는 종소리를 듣고 사람을 시켜 확인한 결과 동굴에 열두 나한이 있었고 그곳에서 물 떨어지는 소리가 종소리로 환청(幻聽)되었다는 것이다. 세조는 이를 계기로 수종사라 명명하였다는 설이 있다. 누군가가 그곳에 찻집을 지으면서 또 하나의 이야깃거리를 이 절에 더한 것이리라.

설사 '삼정헌'이 좀 과장된 이름이면 어떤가. 그 찻집에는 다산과 추사, 초의의 그림자가 어른거린다. 두물머리를 바라보며 녹차의 향에 취하노라면 조선 중기를 풍미했던 세 분의 고매한 음성이 들리는 듯하다. 머리가 어지러울 때면 그곳에 가고 싶은 까닭이다.

(2014.)

네바 강의 저녁노을

그 날, 네바 강 하구의 저녁노을은 아름다움의 극치였다. 강물은 온통 갈치비늘처럼 반짝였고 그 위로 은빛 크루즈선 한 척이 멀리 핀란드만으로 미끄러져 내려가고 있었다.

일행은 길고 긴 시베리아 횡단철도 여행을 마치고 오전에 상트페테르부르크 역에 도착하였다. 예약된 호텔에 도착했지만, 오후 세 시부터 체크인 시간이라고 했다. 우리는 배낭을 맡기고 시내 관광에 나섰다.

상트페테르부르크는 로마노프 왕조의 표트르 대제가 서진(西進) 정책을 펴기 위해 네바 강 하류 삼각주에 세운 계획도시다. 당시 유럽 각국의 유명한 토목, 건축가들을 초빙하여 세계에서 가장 아름다운 도시를 만들었다. 100여 개의 섬을 365개의 다리로 연결하여 세운 이 물의 도시는 유네스코의 문화유산으로 등재된 걸작품이다.

우리는 먼저 '피의 사원'을 찾아갔다. 이 사원의 원래 이름은 '그리스도 부활 대성당'이었는데 데카부리스난 때 알렉산드르 2세가 당원들에 의해 이곳에서 살해되었기 때문에 '피의 사원'이라 불리게 되었다. 사원을 돌아보고 돌아오던 중에 '서울 가든'이라는 음식점을 발견했다. 오랜만에 한식으로 배를 채우고 세계 3대 박물관 중의 하나인 에르미타주박물관을 관람했다. 이 박물관에는 러시아황궁의 찬란한 보물들과 유럽 각국의 미술품, 조각품 등 300만여 점을 소장하고 있다.

비록 짧은 시간이었지만 눈요기를 하고 체크인을 위해 호텔로 돌아왔다. 그런데 종업원은 예약자 명단을 확인하고 우리 일행의 명단이 없다고 했다. 빈 방도 없다는 말에 잘 곳이 없어졌으니 앞이 캄캄했다.

강 하구로 빨려 들어가는 붉은 해를 보면서, 극동의 블라디보스토크를 출발하여 시베리아를 횡단한 영상들이 뇌리에 스쳐갔다. 어떻게 보면 이 여행은 좀 무모하기도 했다. 고등학교 동창 세 명이 배낭을 메고 인천공항을 출발했다. 세계 오지여행 경험이 많은 J군이 계획한 일정을 믿고 따라 나선 것이다. 그래도 블라디보스토크, 바이칼 호숫가의 이르쿠츠크, 모스크바까지의 여정은 큰 불편이 없었고 즐거웠다.

첫 기착지인 블라디보스토크는 조금은 음흉했던 과거의 상상보다 훨씬 평화스러웠다. 이곳은 러시아의 극동함대 기지로 냉전시대 우리에게 많은 두려움을 주었던 곳이지만, 아무르 강 하구에 자리 잡은 시가지와 함선들이 정박되어 있는 항구가 파란 하늘과 쪽빛 바다가 어우러져서 이국적이었다. 거리마다 우리나라 기업의 광고물들이 펄럭였고, '현대'가 지은 호텔에 여장을 풀었으니 자부심마저 느껴졌다. 러시아인들이 가장 좋아하는 여름철에 날씨마저 쾌청했고 거리는 활기에 차 있었다. 바닷가 모래사장에는 인파가 넘쳐나고 즐비한 포장마차에는 샤스릭(돼지고기를 꼬치에 끼워서 자작나무 장작불에 굽는 음식) 냄새가 진동했다. 우리도 샤스릭을 안주 삼아 맥주를 즐기는 여유를 가졌다.

제정러시아의 건축양식으로 아름답게 건축한 블라디보스토크역을 출발한 시베리아 횡단철도 여행은 '가도 가도 끝이 없고, 몇 날을 보아도 그대로'였다. 창밖으로 비껴가는 평원에는 자작나무, 삼나무 숲과 초원, 강과 늪지대가 교차하면서 끝도 없이 이어졌다.

밤낮 삼일을 달려서 바이칼 호숫가의 시베리아 중심도시 이르쿠츠크에 도착했다. 이곳은 제정러시아에 반기를 들었던 젊은 장교들이 멀리 상트페테르부르크에서 유배되어 정착하면서 발달한 도시이다. 또한 일제강점기에 우리 독립투사들의 독립운동 거점지이기도 하여 우리나라 근세사와 인연이 깊은 곳이기도 하다.

세계 담수(淡水)량의 20퍼센트 정도를 담고 있다는 바이칼호를 보는 순간 가슴이 탁 트이는 것 같았다. 보트를 타고 바이칼의 공기로 허파를 마음껏 채웠다. 배에서 내린 후에는 아담한 카페에 앉아 자작나무 불에 훈제한 오물(바이칼 호에서만 서식하는 명태 같은 물고기) 속살에 보드카 몇 잔으로 쌓인 피로를 풀었다. 시내로 들어와서 우리 상품이 가득한 슈퍼마켓에 들러 모스크바까지 갈 수 있는 먹을거리로 배낭을 채웠다.

기차가 시골 역에 서면 인근의 아낙네들이 그곳의 특산물을 가지고 나와서 파는 모습은 지난 날 우리나라 철도의 시골 역 풍경과 다를 바 없었다. 역에 정차하면 지친 승객들이 나와서 몸을 풀면서 이야기꽃을 피웠다. 우리와 가까운 쿠페에는 젊은 부인이 어린 자녀와 함께 타고 있었다. 그 여인은 불란서 유명 여배우를 연상케 하는 미모를 가지고 있었다. 며칠 동안 만나면서 인사도 나누고 아이들에게 과자도 주고 사진도 함께 찍었다. 그들은 우리의 긴 여행에 활력을 주는 청량음료 같은 역할을 해 주었다.

처음 본 모스크바는 세 가지의 깊은 인상을 남겼다. 모스크바 강의 유람선 위에서 바라 본 아름다운 시가지의 모습, 냉전시대에 무시무시하게만 생각했던 크렘린 광장을 메운 젊은이들의 자유분방한 물결, 모스크바 중심을 뒤덮은 삼성과 LG의 광고들이 눈길을 사로잡았다.

유서 깊은 볼쇼이극장에서 공연을 보고자 했으나 여름철 휴관으로 뜻을 이루지 못하고 근처만 맴돌았다. 이틀간의 모스크바 일정을 아쉬워하면서 레닌그라드 역에서 상트페테르부르크 행 밤

기차에 올랐다.

그러나 다음날 오후, 우리의 여정은 네바강변의 호텔에서 주춤거렸다. 거기에서 J군의 치밀함이 발휘되었다. 그의 수첩에 적혀 있던 현지 민박집을 찾아낸 것이다. 호텔 직원의 도움을 받아 전화를 거니 상대방은 한국인이었다. 그 민박집을 찾아갔다. 시설은 열악했지만 주인 남성이 반갑게 맞아주었다. 비로소 마음이 놓였다.

여장을 풀고 다시 '서울 가든'을 찾아서 따끈하고 얼큰한 한식에 보드카 몇 잔씩이 돌아가자 취기가 돌았다. 자연히 학창 시절 이야기로 꽃을 피웠다. 주인아주머니는 우리 모교 인근에 있는 C여고를 졸업한 육십 대 여성이었다.

흥겹고 아쉬운 러시아의 마지막 밤은 피로를 잊은 채 깊어갔다. 다음날 시내의 관광 명소들과 호화로운 여름궁전을 보고 서울행 밤비행기에 올랐다.

시베리아 횡단철도 여행은 긴 여운을 남긴 여행 중 하나다. 함께했던 J군과 S군은 불행히도 내 곁을 먼저 떠났다. 그들이 생각날 때면 아름다운 저녁노을에 반사되었던 네바강의 모습이 선명하게 떠오른다.

(2013.)

공자를 밀어낸 고양이

금성옥진(金聲玉振)!

공묘(孔廟)를 들어서면서 제일 먼저 만나는 편액이다. 이 문구는 공자를 일컬을 때 많이 인용되며 나도 즐겨 쓰고 있어서 낯이 익었다.

맹자는 만장장구(萬章章句)에서, "공자는 학문을 집대성한 분이시니 금성옥진과 같다."고 하였다. 즉 중국 고대 음악의 여덟 음을 연주할 때 처음에는 쇠로 된 종(鐘)을 울려 시작을 알리고 마지막으로 옥으로 된 경(磬)을 울려 완성하는 것에 비유하여, 공자가 집대성한 학문의 시작에서 끝을 일컫는 말이다. 이 편액은 공묘 안에 공자에 관한 모든 것이 있다는 것을 암시하는 듯하였다.

중국 산동성의 곡부는 옛 노(魯)나라의 수도로서 공자가 성장하고 학문을 닦은 곳이다. 그곳에는 공자를 모신 공묘, 공자의 77대 손까지 살았던 공부(孔府), 공자와 그의 후손들의 무덤이 있는 공림(孔林)이 있다. 어렸을 때부터 공자를 최고의 성인으로 흠모한 나는 언젠가 공묘를 참배하겠다는 생각이 있었다.

공묘가 북경의 자금성에 버금가는 규모라는 사전 지식은 있었지만 실제 들어가면서 보니 아주 방대하고 화려하였다. 그곳에는 백여 개에 달하는 건물 군(群)이 있고 중심에는 공자의 초상을 모시고 제향을 올리는 대성전(大成殿)이 자리 잡고 있다. 대성전은 규모도 크려니와 지붕에 중국 황실을 상징하는 황금색 기와를 올린 점이 이채롭다. 공자가 생전에 제자들을 가르쳤다는 행단(杏壇)을 비롯하여 역대 중국 황제들이 헌정한 수많은 편액과 이 성인을 찬양하기 위하여 세운 비석만도 천여 개가 넘는다니 그분의 성덕이 놀라웠다. 중국인들의 사상은 공자로부터 나왔고 역대 왕조들이 내세운 정통성은 공자 사상이었다는 인상을 지울 수가 없다.

공묘를 벗어나면 공부로 들어간다. 공부 또한 대지 면적이 만여 평에 480여 개의 방을 갖춘 건물군이 즐비하다. 역대 왕조는 공자의 직계 손들에게 연성군이라는 높은 벼슬을 내리고 공묘의 유지 관리를 맡겼다고 한다. 공자의 77대 손까지 이곳에 기거하면서 공묘를 숭봉(崇奉)하였다고 하니, 중국이 오랜 역사를 이어오면서 공자를 어떻게 모셨는지 상상이 가는 사적(史蹟)이다.

공묘 인근에는 삼십여 만 평에 조성된 공림이 있다. 공자의 묘와 함께 그 후손의 무덤 십만여 기가 있다고 한다. 지금도 세계에

산재한 공씨 성을 가진 사람이 사후(死後)에 이곳에 묻히기를 원하면 받아 준다는 안내자의 설명이다. 중국인들은 묘역에서 자생하는 풀과 나무를 베지 않는다. 자연 숲 그대로 보존한다. 선조들의 신성한 육신을 먹고 자란 초목을 왜 없애느냐는 것이 그들의 정서라니 우리와는 사뭇 다르다. 무덤은 육신이 자연으로 돌아가는 곳이니 우리도 깊이 생각해 봄직한 문화가 아닐까.

공자의 유적지를 순례하고 나오면서 많은 상념에 사로잡혔다. 그 중에도 이천여 년 동안 중국인들이 최고의 성인으로 추앙하던 공자. 그리하여 성인의 최고 경칭인 지성(至聖)을 부여하고 그 사상을 계승하던 중국인들, 지금도 그의 지고한 사상이 뿌리 내리고 있을까 하는 의문이 꼬리를 물었다.

오늘날 중국에는 물질만능 사상의 그림자가 너무 짙은 것 같다. 간간히 외부에 보도되는 바에 의하면, 관리들의 부패는 만연하고 그 규모는 우리의 상식으로 가늠하기조차 어려울 정도로 천문학적이다. 사람의 장기나 안구를 불법으로 얻기 위하여 영 · 유아들을 조직적으로 유괴하는가 하면 상상을 초월하는 불량식품의 제조 유통에 이르기까지 듣기에도 민망한 부패가 횡행하고 있다. 과연 그들이 공자의 학문과 사상을 이어 받은 국민인가 싶다.

독일에 망명하여 활동 중인 중국작가 저우칭[周勍]은 중국의 다양한 부조리를 고발한 ≪백성은 어떤 음식을 하늘로 삼을 것인가≫라는 책에서 현재의 중국을 이렇게 진단한다. "세계의 식품 수

출 공장인 중국의 문제는 곧 세계의 먹을거리 질서를 흐트러뜨리게 될 것이다.” 또한 “시스템이 바뀌지 않는 한 중국에선 영원히 반복될 문제다. 먹는 것도 쓰레기, 정신도 쓰레기인 민족에게 미래는 없다.” 그는 이러한 원인을 공산 중국을 개혁개방으로 이끌어 오늘날 중국경제 발전의 초석을 다진 흑묘백묘론(黑猫白猫論)에서 찾는다. 이는 덩샤오핑[鄧小平]이 중국의 개혁개방을 이끌기 위해 검은 고양이건 흰 고양이건 쥐를 잡는 고양이가 훌륭한 고양이라고 설파하면서 보수파를 윽박지르고 중국을 개방한 이론이다.

고양이 이론이 오늘날 중국을 세계의 패권 국가로 다시 성장시키는 계기는 되었겠지만, 이천오백여 년을 면면히 이어져 온 공자의 인(仁)·의(義)·예(禮)·지(智) 사상을 밀어냈다면 그 대가(代價)가 너무 크다는 생각이다. 최근에 중국의 지식층 일각에서 공자사상을 다시 배우고 추앙하자는 운동이 일고 있다고 전해진다. 그러나 그것은 하나의 미진(微震)에 그칠 것 같다.

저우칭의 시스템을 바꾸라는 외침은 무엇을 뜻하는지 중국인들은 곰곰이 생각할 문제다. 고양이 이론이 위대한 공자사상을 밀어낸 중국. 그들은 과연 올바른 선택을 한 것일까.

(2013.)

국기가 이렇게 외로워서야

오늘은 현충일이다. 새벽 일찍 동작동 국립현충원에 다녀왔다. 매년 이 날은 아이들과 함께 현충원에 모인다. 거기에는 6·25사변 당시 전사하신 장인어른이 안장되어 있고, 천수를 다하고 돌아가셨지만 장모님도 함께 모셔져 있다. 우리가 매년 거기에 모이는 것은 아내에 대한 배려와 함께 자라나는 어린 손주들에게 역사의식과 애국심을 심어주기 위함이다.

언제나 그러하듯이 현충일 아침에는 참배객들로 인산인해다. 전국 각지에서 모여드는 참배객들. 연로하신 노인들에서 젊은 층까지 그리고 어린이들, 옛 전투복을 입은 노병들의 무리도 간간히 눈에 띈다. 할머니들 중에는 전장에서 남편을 잃고 모진 세파를 헤쳐 온 전쟁 미망인들이 있는가 하면 월남전 등에서 자식을 잃은 분들이 대부분일 터이다. 6·25전쟁 미망인들은 이제는 거의 타계하시고 생존해 있더라도 거의 볼 수 없을 만큼 연로하시다. 그렇기에 할머니 참배객들이 점차 줄어들고 있다. 언제나 우리와 함께 참배하시던 장모님도 벌써 작고하시어 이곳에 안장되어 계시다. 옛 전우들의 모습들도 부침을 거듭한다. 참배객들의 모습도 세월 따라 바뀐다. 전쟁의 상처도 그만큼 피안으로 멀어져 가는 것이다. 그러나 아무도 찾지 않는 묘소가 늘어나는 것을 보노라면 세월의 무상함을 느끼며 쓸쓸해 보이기까지 한다.

집에 돌아와서 TV를 켰다. 어느 프로그램을 마치면서 앵커가 하는 말. 오늘은 현충일이니 아직 태극기를 게양하지 않은 집은 지금이라도 게양하라는 멘트를 한다. 나는 화들짝 놀라서 국기함에서 태극기를 꺼내들고 거실 창을 열었다. 고층아파트 단지의 모습이 놀랍다. 22층 아파트 한 줄에 고작 한두 집만이 반기를 내걸고 있다. 이럴 수가 있는가. 우리나라는 언제부터 이렇게 국가관이 희박해지고 국기에 대한 경건함이 소멸되었단 말인가. 저 아래로 보이는 고등학교 국기 게양대에 걸려 있는 태극기는 언제 걸어놓은 것인지 반기가 아닌 채 힘없이 펄럭이고 있다.

학교마저 이 지경이니 일반 가정이야 오죽하겠는가. 참으로 개탄할 일이다. 국기에 대한 존엄성은 아무리 강조해도 지나치지 않을 것이다. 국기는 국가의 상징이자 최고의 존엄이다. 그래서 국경일이나 국가적 애도일에는 전 국가기관이나 공공장소 가정 등에 국기를 게양한다. 그것은 애국심을 고취시키고 국민을 단결시키며 국민의 자부심을 고양하는 수단이기도 하다. 국기를 게양하는 것은 독재 정부나 군사 문화와는 전혀 별개이다. 선진 자유 국가들일수록 국기를 존중한다. 미국의 국민 구성이 비록 잡다하나 성조기를 보면 열광하고 그 밑에서 똘똘 뭉친다. 성조기가 지금의 미국을 세계 제일의 국가로 만들었다는 설도 있을 정도이다.

30여 년 전만 해도 우리는 국기 게양식을 엄숙하게 하고, 하기식을 할 때 애국가가 울려 퍼지면 길을 가던 시민들도 멈춰 서서 그곳을 향해 경의를 표하였다. 국경일이나 애도일에는 국가기관이나 공공기관은 물론 모든 가정에 국기를 게양하였다. 만일 어쩌다 국기 게양을 잊으면 초 · 중학교 어린들이 있는 집에서는 앞다투어 국기를 게양하도록 부모를 설득하는 모습도 흔한 일이었다.

그런데 언제부터인가 공공기관부터 하기식을 폐지하고 비가 오나 눈이 오나 밤낮없이 국기를 게양대에 매달아 놓더니 가정에서는 아예 국기를 거는 것조차 잊은 지 오래다. 이것이 민주화의 산물이라면 안타깝기 그지없다. 이래서는 국민의 국가관을 무엇으로 고취시킬 것인가. 국민의 나라 사랑을 무엇으로 북돋을 것인가. 국가에 위기라도 닥치면 국민을 어느 곳에 모이라고 할 것인가. 역사적으로도 충성심을 고취시키는 가장 좋은 수단은 깃발 아래 모이고 뭉치는 것이었다.

내가 사는 아파트 단지는 소형 아파트로 이루어진 단지다. 그래서 다른 곳에 비해 어린이들이 많다. 이러한 단지에도 아파트 한

동에 2~3개의 태극기만이 외롭게 펄럭이는 것을 보면 요즘은 유치원이나 초등학교에서조차 국기의 중요성과 그 국기를 게양해야 할 날을 가르치지 않는 모양이다. 이렇다면 앞으로 우리 국민의 국가관이나 정체성이 심히 우려스러운 일이 아닐 수 없다.

국경일이나 국가적인 행사 일에 국기를 게양하는 통계로만 국가관의 단면을 들여다보는 것은 편견일 수 있다. 하지만 올림픽이나 세계선수권 등 큰 대회에서 우리 선수들이 우승을 하고 시상대에 섰을 때 태극기가 게양대의 맨 위에 게양되며 애국가가 울려 퍼지면 우리는 열광한다. 국적기(國籍機)나 함선에 태극기가 펄럭이면 가슴 뿌듯함을 느낀다. 국기에 대한 존엄성이 희박해지는 것은 있을 수 없는 일다. 교육 현장이나 언론, 국가가 나서서라도 국기에 대한 존엄성을 다시 고취시켜야 한다.

나라를 빼앗겼을 때 우리 애국지사들이 목숨까지 바쳐가면서 지켜 낸 태극기. 일본이 패전하던 날, 지금은 없어진 중앙청에서 일장기가 내려지고 태극기가 힘차게 펄럭이며 올라가던 영상을 보라. 얼마나 자랑스러운 우리의 국기인가.

국기를 사랑하는 마음이 통일국가로 향하는 지름길이 될지도 모를 일이다.

(2013.)

도와다 호수의 단상(斷想)

아오모리 항을 떠난 지 삼십여 분, 버스 창으로 도와다[十和田] 호수의 모습이 들어온다. 너도밤나무 숲이 병풍처럼 수면을 감싸고 있는 고즈넉한 호수, 봄햇살에 연록색을 얼버무려 놓은 물빛은 어느 수채화 못지않게 농담(濃淡)이 신비롭다. 마치 시간이 태고에서 멈춘 듯하다. 선경(仙境)이란 이런 곳일까.

이 호수는 해발 사백여 미터 높이에 있다. 먼 옛날 대분화(大噴火)에 의하여 생긴 화구가 침몰한 '칼데라' 호이다. 깊은 곳의 수심은 삼백여 미터이고 투명도는 십여 미터에 이른다고 한다. 휘영청 달 밝은 가을 밤에 동정호를 바라보며 "비취빛 산수의 자태! 은쟁반에 올려놓은 한 마리 소라 같아라."라고 읊은 당나라 시인 유우석(劉禹錫)이 이 호수를 보았다면 어떻게 읊었을까.

숲 사이 길로 한참을 더 가서야 호숫가에 옹기종기 모인 한적한 마을이 보인다. 건축물들도 자연의 일부처럼 조화롭다. 선착장에서 유람선을 타고 호수로 나갔다. 홋카이도를 거쳐 이곳까지 오면서 되살아난 아픈 앙금이 한 순간 호수에 녹아드는 것 같다. 하지만 그것도 잠시일 뿐, 속내가 불편해진다.

일본의 북부지방, 홋카이도와 아오모리는 지난 날 우리 민족의 한이 맺힌 곳이다. 일제강점기, 그들의 식민지 정책에 의하여 농토를 빼앗기고 굶주렸던 수백만 젊은이들이 일본에 강제 동원 되었다. 이곳 도호쿠[東北] 지역 광산에 강제 동원된 젊은이들만도 육십여 만 명에 이른다. 그들 대부분은 석탄광산의 막장에서 인간 이하의 노예취급을 받으면서 노역을 했다. 그러던 중 태평양 전쟁이 끝났다. 젊은이들은 거의 빈손으로 고향에 돌아갔다. 귀국의 혼란 속에서 영원히 잊지 못할 우끼시마호[浮島丸號] 폭침 사건이 일어났다.

항복한 사흘 뒤, 일본 정부는 재일 한국인들의 폭동을 우려해 도호쿠 지방의 강제 노동자들을 부산으로 송환시키라는 명령을 내렸다. 공식적으로는 7천여 명의 한국인을 태운 4,740톤급의 해군 수송선 우끼시마호가 1945년 8월 22일 아오모리의 오미나토항[大湊港]을 떠났다. 그런데 먼 바다로 나가서 부산항으로 가야 할 배가 뱃머리를 돌려 일본 중부 마이쯔루 항으로 들어가 갑작스런 폭음과 함께 두 동강이 나고 이어서 침몰했다.

일본정부는 미군이 매설한 기뢰에 의하여 폭파되었다고 해명하고, 인명피해는 사망 525명, 실종자 수천 명이라고 얼버무렸다.

그러나 당시 목격자나 생존자들의 증언을 종합하면 이 발표는 허위임이 분명하다. 승선자 수는 만 명이 넘었고 오천 명 이상이 수장되었다는 것이다. 더욱이 황당한 것은 출항 전 폭발물을 장치했다는 주장이 있다. 부산까지 항해할 군함에 연료를 반밖에 채우지 않았으며, 폭침되기 전 일본 해군 승무원들이 먼저 빠져나갔다는 것이 그 주장을 뒷받침하는 증거이다. 승무원들이 부산항에 입항할 경우 한국인들에 의하여 보복당할 것이 두려워 일본에서 폭파했다는 증언이 설득력을 갖는다. 세계 해난 역사상 최대의 인명피해를 낸 참사(慘死)다. 이 끔찍한 사건이 아직까지 원인도 밝혀지지 않은 채 우리 민족의 가슴에 응어리로 남아 있다.

일본의 도호쿠 지역을 여행하면서, 나는 러시아 사할린을 방문했을 때 들은 일본의 만행이 떠올랐다. 홋카이도 북쪽 바다 건너 '코르시코프' 항구 언덕에 앉아 일본을 바라보며 들은 이야기다. 일본이 패전하자 그들은 군인, 군속, 자국민 순으로 철수시키고 한국인들에게는 다음 배로 귀국시키겠다고 약속했다. 그 후로 배는 영영 오지 않았다. 귀국의 꿈을 안고 사할린 각지에서 항구로 모였던 젊은이들은 기약 없이 기다리다가 술과 마약에 중독된 채 다시 뿔뿔이 흩어졌다. 일제에 의해 사할린으로 강제 징용되었던 젊은이 오만여 명은 고국으로 돌아오지 못하고 영영 '철의 장막'에 갇혀버렸다. 우리와는 모든 통신수단이 단절된 채 공산 소련의 압정에 시달리다 망향의 한을 품은 채 죽어갔다. 이 이야기를 듣는 순간 사할린에서 돌아가신 아버님이 생각나며 격한 분노가 치밀었다.

홋카이도에서는 20여 년 주기로 폭발한다는 한 화산의 참상을 보았다. 잔해로 남은 유치원 건물, 어린이 놀이시설, 가옥과 자동차, 심하게 일그러진 포장도로 등이 폭발현장에 그대로 보존되어 있다. 이 참혹한 잔상들을 보는 순간 나는 '신은 공평하다'는 생각이 들었다. 그러나 도와다 호수에서 자연재해가 만들어낸 미(美)의 극치를 만나면서 생각이 혼란스러워진다. 재해가 남긴 두 모습이 바로 일본이란 생각이 섬뜩하게 머리를 스친다. 남에게 '폐[메이와쿠, 迷惑] 끼치지 말라'는 일본국민의 대중문화는 일본을 선진국 수준까지 끌어올린 원동력이라고 할 수 있다. 일본이 세계에 자랑하는 문화이기도 하다. 그러나 그들은 가장 가까운 이웃인 우리에게는 헤아릴 수 없이 잔인한 죄악을 범했다. 진정한 반성도 없다. 이것이 역사적으로 일본이 우리를 대하는 일관된 본성이다. 메이와쿠의 탈을 쓴 일본의 이중성을 우리는 어떻게 이해하고 대처할 것인가.

일본의 야욕에 짓밟힌 수많은 우리의 원혼들은 지금도 이곳의 산야(山野)를 맴돌고 있다. 도와다 호수 어디에선가 그들의 통곡소리가 들리는 듯하다. 조국은 지금이라도 일본의 끔찍한 만행을 밝혀서 이들 원혼이라도 달래야 한다. 일본의 진솔한 반성과 사과가 있어야 한다. 그것만이 역사에 책임지는 최소한의 책임있는 행동이다.

두 나라가 서로 존중하면서 진정한 이웃이 될 수 있는 길은 영원히 없는 것인가. 도와다 호수의 고즈넉한 아름다움이 마음속 깊이 옹이처럼 박힌 상처에 또 하나의 생채기를 더한다.

(2016.)

제4부

십자성과 소녀상

백로에게 묻는다

봄이 왔다. 노란 산수유가 앙증맞은 꽃망울을 터뜨렸다. 뒤질세라, 매화도 손짓을 한다. 이제 막 열린 다섯 장 여린 꽃잎이 남실바람에 파들파들 떨고 있다. 비록 작고 연약해 보이지만 야무지다. 겨우내 언 땅 속에서 모진 고통을 이겨 내면서 생명의 힘을 축적한 봄들이, 시샘하는 늦추위를 몰아내고 승리의 나팔을 불면서 진군하고 있다.

때가 되면 봄은 이렇게 어김없이 찾아온다. 눈보라가 휘몰아치던 엄동설한도, 물러나지 않으려고 발버둥 치던 시베리아의 찬 공기도 따듯한 동남풍 앞에는 어쩔 수 없이 무릎을 꿇는다. 대체 이러한 자연의 힘은 어디서 오는 것일까. 경이롭다.

집 근처 창릉천 산책에 나섰다. 양지 바른 곳에는 쑥이랑 씀바귀들이 파릇하게 돋아나고 있다. 추운 겨울에 못한 이야기꽃을 피우며 애쑥을 뜯는 할머니들의 손놀림이 정겹다. 모진 겨울을 견디며 땅 속에서 잉태시키고 이제 겨우 땅 위로 밀어올린 새싹을 자르는 것이 쑥에게는 안 된 일이지만 상큼한 애쑥탕 맛의 유혹을 할머니들이 어찌 뿌리칠 수 있으랴.

물가의 마른 갈대숲에서는 한 무리의 박새 떼가 '후드득' 소리를 내며 힘차게 날아오른다. 마른 갈댓잎을 이불삼고 씨를 쪼아 먹으면서 겨울나기를 했을 그들도 바깥세상이 그리웠나 보다. 갈대숲을 헤치면서 날아오르는 소리는 마치 한여름 밤 고향집 대밭에 쏟아지던 한줄기 소나기 소리 같다. 황갈색의 예쁜 털, 반짝이는 눈망울, 앙증맞은 몸매가 아름답다. 좀 더 가까운 거리에서 보고 싶다. 그러나 움직임이 재빠른 그들은 잠시도 한 곳에 머물지 않는다.

봄을 맞아 기지개를 활짝 켜고 흐르는 시냇물 소리도 정겹다. 그 소리에 매료되어 넋을 놓고 서 있다. 물빛이 맑고 푸르다. 푸르다 못해 청아한 비취색이다. 한 떼의 청둥오리 가족이 봄을 즐기는 듯 물 위를 유영하며 배회한다. 조곤조곤 물갈퀴 젓는 소리가 귓전을 간질인다. 다른 무리는 따뜻해진 모래톱에 앉아 한가롭게 졸고 있다. 졸다 깨어나면 서로 가려운 곳을 쪼아주고 인간이 알아들을 수 없는 정다운 소리를 내며 이야기를 주고받는다.

이윽고 들고양이 한 마리가 갈대숲 사이에서 어슬렁어슬렁 모습을 드러낸다. 두리번거리는 눈빛이 예사롭지 않다. 오리 가족을 쏘아 보는 것 같다. 저놈이 오리들의 평화를 깨는 것은 아닐까.

나는 순간 갈대 뒤에 몸을 웅크리고 앉아서 돌멩이를 들고 고양이의 행동을 주시했다. 웬일인지 오리 가족은 동요하지 않는다. 고양이는 고개를 돌려서 물을 서너 모금 마시더니, 다른 건 관심 없다는 듯 유유히 사라진다. 괜한 걱정에 씁쓸한 미소를 머금고 발길을 옮겼다.

갈매기 한 쌍이 상류에서 하류로 한가롭게 날아간다. 아마도 창릉천에 온 봄을 정찰하고 본부로 돌아가는 길인 모양이다. 그렇지 않고서야 한강 하류의 지천인 먹잇감을 두고 북한산 턱밑까지 왔다 돌아 갈 리가 없다. 까치들도 제철을 만났다. 짝짓기를 위해 구애하는 놈, 제 짝에게 다른 놈이 범접 못하도록 기사도를 발휘하는 놈, 집을 보수하거나 새로 짓기 위해 열심히 일하는 놈 등 분주한 모습이다. 가만히 듣자니 까치의 울부짖는 소리도 상황에 따라 다르다는 것을 알 수 있었다. 구애하는 소리는 애절하고 정겹지만 자기 짝에게 호감이 있어서 달려드는 놈에게는 단호하고 앙칼지다.

그때 백로 한 쌍이 창공을 몇 바퀴 돌아서 물웅덩이 위에 사뿐히 내려앉는다. 긴 다리로 성큼성큼 걸으면서 먹이를 쪼기도 하고 목을 빼고 자태를 뽐내 보기도 하다가 하늘로 다시 비상한다. 백로 부부는 서쪽으로 날아가서 햇무리 속으로 사라지는가 싶더니 곧 방향을 틀어 북쪽으로 날아간다.

백로는 남과 북을 자유롭게 넘나든다. 황금빛으로 물들어 가는 저녁노을을 받으면서 창공을 선회하는 백로의 모습이 마치 평화의 사도(使徒) 같다. 저 백로의 자유! 남과 북의 갈라진 아픔이 불현듯 밀려온다.

자연의 봄은 이렇게 밀려오는데 민족의 봄은 언제쯤 오려나. 어찌 된 일인지 봄이 되면 남과 북의 전운은 더욱 고조(高調)되고 전쟁의 공포는 해를 거듭할수록 강도를 더해간다. 이제는 가공할 핵(核)의 먹구름까지 한반도 상공에 짙게 드리워졌다. 오늘도 남과 북, 어디에선가 훈련이란 명목으로 포대가 불을 뿜고, 화약 냄새가 진동할 것이다. 동족간의 불신과 저주의 골이 깊어지고 통일의 기회는 더욱 멀어져가는 느낌이다. 한 핏줄이 영원히 갈라질까 두렵다.

창공을 훨훨 날아 남과 북을 자유롭게 왕래하는 백로에게 묻는다. 우리 민족에게 정녕 통일의 길은 없는 것이냐고….

(2016.)

십자성과 소녀상

폭죽 소리가 천지를 뒤흔들자 오색영롱한 불꽃이 하늘로 치솟는다. 호수에 비치는 불꽃이 하늘과 호수를 동시에 물들인다. 초저녁부터 요란하게 펼쳐지던 '카우보이 쇼'도 밤 열 시의 이 폭죽과 함께 막을 내리고 축포 소리에 놀란 동물원 맹수들의 울음소리마저 조용해진다. 적막에 휩싸인 광활한 리조트의 밤하늘에 별이 쏟아진다. 은하수 남쪽으로 십자성이 선명하다.

이곳은 적도에 걸쳐 있는 말레이시아의 남쪽 말라카 해협에서 그리 멀지 않은 곳, 딕슨만(灣)과도 근접해 있는 리조트이다. 이 나라는 자원이 풍부하다. 태풍도 없고 가뭄도 없는 천혜의 기후조건을 갖추고 있다. 동서양 간 해상 무역의 관문인 말라카 해협이 허리를 통과하니 지정학적으로도 중요한 나라이다. 그래서 이곳 사람들은 '신이 내린 땅'이라고 자부하면서 번영과 평화를 구가한다.

그러나 근세 역사가 순탄했던 것은 아니다. 삼백여 년 동안이나 서구 열강의 식민 통치를 받았으며 일본이 일으킨 태평양 전쟁의 광풍이 휩쓸고 지나간 아픈 역사를 간직하고 있다.

이 평화스러운 밤에 십자성을 보면서 나는 왜 깊은 상념에 젖어 드는 것일까. 일본대사관 앞 평화비에 슬픈 모습으로 앉아서 대사관을 응시하던 소녀상의 모습이 십자성과 겹쳐져 떠오르기 때문이다.

일본은 중국을 침략한 여세로 태평양전쟁을 일으키며 남쪽으로 전선을 확대하였다. 전선에는 우리의 수많은 젊은이들이 동원되었다. 동시에 그들은 세계 전사에서도 유례를 찾아볼 수 없는 소위 정신대(挺身隊)라는 것을 조직하고, 우리의 꽃다운 소녀들을 마구 납치하여 전선을 따라가며 투입하였다.

기록에 의하면 당시 정신대로 끌려간 소녀가 무려 20여 만 명에 육박하였다니 우리 근세사를 할퀸 치욕이 아닐 수 없다. 꽃다웠던 소녀들은 인간으로서 상상도 할 수 없는 고초를 겪었다. 지금 살아 계신 할머니는 그때의 참상을 "밤이면 하늘만 보고 울었다." 고 하면서 말끝을 맺지 못한다. 무슨 말로 이 여인들의 가슴속 깊이 박힌 응어리를 표현할 수 있겠는가.

평화로운 이곳에도 당시 일본군의 임시 막사가 여기저기 있었을 것이다. 그들은 승리에 도취되어 우리 소녀들을 마구 유린하였을 것이라 상상하니 가슴이 저려온다. 해방 후 널리 불렸던 해방

가요의 하나인 〈고향만리〉는 "남쪽 나라 십자성은 어머니 얼굴…"로 시작된다. 밤이 깊어지면 우리 어린 소녀들은 저 별을 보고 통곡하였으리라.

십자성이 반짝이는 남국의 밤, 어디선가 승전에 도취된 일본군의 함성이 들려오는 듯하다. 그 함성은 우리 어린 소녀들의 피맺힌 절규로 환청되어 내 가슴을 울리고 있다. 그들은 노예보다 더한 고난 속에서 이리 끌리고 저리 밀리면서 고국으로부터 수만리 떨어진 이곳을 지나갔으리라. 일본군은 이곳에서 멀리 남양군도(南洋群島)까지 전선을 확대하고 승리를 눈앞에 둔 듯 날뛰었으나, 본토에서 얻어맞은 원자탄 두 발에 무릎을 꿇고 말았다.

광복의 기쁨은 조국 천지를 흔들었고, 강제 징용되었던 군인이나 군속들은 모두 고향으로 돌아갔지만 이들 소녀들은 고향으로 돌아갈 수가 없었다. 이들은 주둔지 근처에 흩어져 목숨만을 부지하며 살다가 이제는 이역만리의 구천을 맴돌고 있다. 고국에 돌아간 이들도 거의 세상을 떠나고 파악된 생존자는 겨우 60여 명에 불과하다.

20여 년 전에 '한국정신대문제대책협의회'가 결성되고 일본대사관 앞에서는 '일본 위안부 문제 해결을 위한 수요 집회'가 매주 열리고 있다. 그 집회가 무려 천 번째를 맞은 작년 12월, 그곳에 평화비를 세우고 소녀상을 앉혔다. 소녀상의 등에는 '진상 규명, 사죄 배상', 앞가슴에는 '할머니에게 명예와 인권을'이라는 글씨가 선명하다. 생존한 할머니들은 늙고 병들어 이제는 절규할 힘도 없다.

일본 정부는 이들의 절규를 아예 못들은 체하고 낙인(烙印)같이 선명한 역사를 부정하고 있다. "종군 위안부는 일본의 역사가 아니다."라고 잡아떼놓고는 침묵으로 일관하고 있다. 참다못한 대통령까지 정상회담을 통하여 역사적인 해결을 촉구하였지만, 일본의 수상이라는 자는 오히려 그들 대사관 앞에 세운 소녀상을 철거하라며 으름장을 놓는다. 엄연한 사실(史實)을 '일본의 역사가 아니다.'라고 잡아떼면 덮어질 수 있는 것인가. 오늘밤도 십자성 아래에서 잠을 설칠 것만 같다.

(2012.)

* 이 글을 쓴 후 10개월 후(2013)에 독립기념관을 찾았다. 정신대 만행 사료관에서는 놀랍게도 고색창연한 '말레이시아, 포트 딕슨의 위안소 건물'과 '말라카 시내 중심부의 위안소 건물' 사진 영상이 선명하게 돌아가고 있었다.

왜 하필 여기였을까

기다리던 기념관이었다. 건립이 결정되었을 때는 반가웠다. 그러나 터가 이곳으로 결정된 이후에는 보고 싶은 마음이 시들해졌다. 개관한 지 삼년이 훨씬 넘어서야 찾게 되었다. 그것도 처음부터 이곳에 오려고 집을 나선 게 아니다. 경의선 수색역 맞은편에 자리 잡은 디지털미디어시티 안에 있는 한국영상자료원에서 영화 한 편을 본 후 멀지않은 곳에 전직 대통령의 기념관이 있다는 것이 떠올랐다. 근처에 온 김에 한 번 보고 싶었다.

여름의 끝자락이라지만 더위가 한여름 못지않게 기승을 부리는 오후였다. 영화관을 나와서 여기저기 두리번거렸지만, 안내 표지판 하나 보이질 않는다. 지나가는 사람들에게 물어도 아는 사람이 없어 할 수 없이 휴대전화를 꺼내 서투른 솜씨로 위치를 확인했다. 영상자료원의 남쪽으로 곧장 두 블록을 가니 '하늘 공원' 뒷자락에서 높이 펄럭이는 태극기가 기념관임을 알렸다.

돌계단을 올라갔다. 큼지막하게 펄럭이는 태극기의 음영 바탕에 "내 一生 祖國과 民族을 爲하여"라는 전직 대통령의 힘찬 휘호, 바로 밑에 그의 사진이 선명한 걸개그림이 방문자를 맞이한다. 순간 마음이 평온하고 반가웠다.

방명록에 서명을 하고 안으로 들어갔다. 그리워하던 분을 만난 듯했다. 진열된 자료들이 모두 낯이 익고 자료 하나하나를 가볍게 지나칠 수가 없다. 세계에서 가장 가난한 나라를 선진국 문턱까지 끌어 올린 발자취들이 감동을 자아내기에 충분하였다. 원조를 받던 나라에서 원조를 주는 나라로 세계에 우뚝 서게 한 업적들이 한눈에 들어왔다.

경제대국의 초석(礎石)을 다졌을 뿐 아니라, 튼튼한 안보에 이르기까지 그가 세운 기록들이 생생하고 또렷하였다. 전시물들은 내가 사회에 발을 들여놓으면서 걸어 온 발자취들과 궤적을 함께 하는 역사적 자료들이었기에 더욱 친숙하고 자랑스러웠다. 나는 그분이 집권하던 시기와 함께 젊은 시절을 보냈기에 이런저런 작은 인연들도 있다.

첫 직장으로 어느 경제단체에 근무할 때 내가 실무를 맡아 속리산 자락에서 춘계기업인세미나를 개최했다. 그곳에서 하룻밤을 묵고 다음날 아침 일행과 함께 주위를 산책하다가 대통령 일가와 가까운 거리에서 스치게 되었다. 우리는 인사를 드렸고 대통령은 손을 흔들며 우리 일행을 반갑게 맞아주었다. 그때의 온화했던 인상이 지금도 선명하다.

당시 소공동 조선호텔 맞은편에 직장이 있었는데 건물이 매우 낡았다. 마침 그곳은 도심재개발지역으로 묶여서 건물을 다시 지어야 했다. 회장이 대통령을 면담할 기회가 있어서 신축 문제를 건의하였다. 대통령은 '우리나라를 대표하는 경제단체'라면서 건물을 지을 곳으로 서울의 상징적 거리인 광화문에서 숭례문까지의 양편 공터 네 곳을 메모해서 회장에게 건넸다. 나는 그 메모를 토대로 숭례문 옆 자리의 타당성을 정리한 자료를 대통령경제수석에게 들고 가서 설명하였다. 며칠 후 대통령의 친필 서명을 받은 자료가 돌아왔다. 그렇게 하여 전국 기업인들을 대표하는 단체의 건물을 숭례문 옆에 신축하게 되었다.

매년 정초(正初)가 되면 이곳에서 대통령을 비롯한 삼부요인, 주한 외교사절 등 각계 인사들과 기업인들이 한자리에 모여 새해 인사와 덕담을 나누는 큰 행사가 있다. 이름하여 '신년인사회'다. 그 행사 실무를 몇 년 동안 맡았다. 자연히 가까운 거리에서 그분을 뵙는 기회를 여러 차례 갖게 되었다.

젊은 날의 기억들을 떠올리며 기념관 내부를 감명 깊게 돌아보고 나왔다. 정문 안내대 앞에서 홍보담당자를 만났다. 이곳은 교통도 불편한데, 찾아오는 길에 교통안내 표지판조차 볼 수 없다고 했더니 의외의 답이 돌아왔다. 행정관청에 여러 차례 안내판 설치를 신청을 했으나 이런저런 이유를 들어 되돌려 보낸다고 했다.

그분은 역사적으로 책임질 일도 없지 않을 것이다. 그러나 훌륭한 업적은 열거할 수조차 없다. 지금도 전 세계의 후진국들이 다투어서 그분의 정책을 따르려고 노력하고 있고, 세계의 유명 인사들이 찬사를 보내고 있다. 그런가 하면 "우리나라 오천 년 역사에서 가장 위대한 업적을 남긴 지도자"라는 평을 하는 인사도 있다. 기념관을 개관하고 찾는 관람객들의 편의를 위한 교통안내판조차 허락하지 않는다면 이 기념관은 왜 지어놨는가. 이러한 편협한 행정을 도무지 이해할 수가 없다.

이 기념관은 정치적으로 대립되었던 분이 집권하면서 결정되고 가시화되었다. 그것도 국가예산과 국민 성금으로 건립되었다. 그러나 왜 하필 이곳이었느냐고 생각하니 마음이 아프다. 적어도 대통령 기념관이라면 국가의 상징적 거리나, 본인과 특별한 관계가 있는 곳에 건립하는 것이 상식이다. 어렵게, 그것도 '화해'의 상징으로 출발한 것이라면 더욱 좋은 명소를 골랐어야 하지 않았을까. 지금은 비록 공원이라지만, 여기가 어디인가. 서울의 변두리였다. 그것도 서울 시민이 십오 년 동안이나 마구 버린 쓰레기로 만들어진 산(山), 난지도 뒷자락이다. 이곳에 터를 잡은 것은 아무리 좋게 생각하려고 해도 이해가 되지 않는다.

훗날이라도 좋은 곳을 찾아 이 기념관을 다시 옮겼으면 좋겠다. 기념관 안을 돌아보면서 열렸던 마음이 다시 굳게 닫힌다. 돌아서는 마음은 더욱 씁쓸하기만 하다. (2015.)

여러 차례의 일본 여행 중 내게 가장 감명을 준 곳은 후쿠오카에 있는 다자이후 텐만구[大宰府 天滿宮]다. 이곳은 일본 헤이안 시대의 정치가이며 학자였던 스가와라노 미치자네[菅原道眞]을 학문의 신으로 모신 곳이다. 입구에는 그의 시비가 고색창연하고, 신사 본당 앞에는 '비매(飛梅)'라는 이름의 수백 살은 됨직한 매화 고목 한 그루가 서있다. 후문으로 나오면 그가 생전에 쓰던 붓을 묻었다는 붓무덤[筆塚]이 있다.

나는 붓무덤을 보는 순간 서예 인으로서의 큰 자괴감을 느꼈다.

교토에서 후쿠오카로 귀향 오면서 그가 읊었다는 시에 매료되기도 했다.

"동풍이 불거든 향기를 보내다오/ 매화꽃이여/ 주인이 없다 해도/ 봄은 잊지 말리니"

이 얼마나 애절한가.

필총(筆塚) 앞에서

일본의 규슈지방을 여행하던 중, 후쿠오카에 있는 다자이후 텐만구[大宰府天滿宮]에 관한 이야기를 듣고 발길을 돌렸다. '학문의 신'을 모신 곳이라니 대체 어떤 곳일까. 4천여 그루의 매화 고목에 둘러싸인 신사(神社)에는 수많은 인파가 붐빈다. 입시철이나 각종 국가시험이 있을 때면 학부모나 시험 응시자들이 전국에서 몰려와서 기도를 드린다고 한다. 얼마나 효험이 있는지는 알 수 없지만, 연간 700만여 명이나 참배한다니 그에 대한 일본인들의 숭배심을 짐작할 만도 하다.

그러나 여행자의 발길을 멈추게 한 것은 학문의 신이 아니었다. 정문 옆에 고색창연한 모습으로 서있는 시비(詩碑)와 신사 본전 앞의 도비우메[飛梅]라는 이름의 매화나무, 후문 옆 낮은 언덕 위에 자리 잡은 붓무덤[筆塚]이 보이지 않는 손으로 나를 잡아당긴 것이다.

열 자 안팎 높이의 화강석 시비에는 학문의 신으로 추앙 받은 스가와라노 미치자네[菅原道眞]가 교토를 떠나 다자이후로 향하면서 읊었다는 유명한 매화 시 한 수가 음각되어 있다.

"동풍이 불거든 향기를 보내다오/ 매화꽃이여/ 주인이 없다 해도/ 봄은 잊지 말찌니."

파란 이끼가 덕지덕지 끼어서 글씨는 가물거리지만 기품만은 더없이 단아하다. 천백여 년이 되었다는 매화나무는 주인과 맺은 정을 뗄 수 없어 교토에서 하룻밤 사이에 다자이후까지 날아왔다는 전설을 간직한 채, '飛梅'라는 명패를 선명하게 달고 서 있다. 이 나무는 주위에 있는 사천여 그루의 매화나무보다 꽃이 일찍 핀다니 전설이 그럴 듯하다. 그 중에서도 내게 가장 관심을 끈 것은 단연 붓무덤이다. 천년 고찰 입구 어딘가에 서있는 고승의 사리탑을 닮았을 비석이 이채롭다. 앞면에는 힘 있는 해서체로 음각한 '筆塚'이라는 글씨가 선명하고 머리 위에는 큰 붓 한 자루를 걸쳐놓았다.

붓의 무덤이라니, 기발하고 생소하다. 무덤의 주인은 분명 붓일 것이다. 주인이 얼마나 많은 글을 쓰고 붓을 사랑했기에 무덤까지 만들어 주었을까. 학문의 신으로 추앙하면서 상징물로 만들었으리라는 추측은 하면서도 의표를 찌르는 발상이 신선하다. 비석에는 이끼와 돌 버섯이 돋아나서 천년 세월의 나이를 실감케 한다. 글로 표현할 수 없을 정도로 고고(孤高)한 모습이다. 주인의 인품과 학문, 저술 활동, 명필의 반열에 오른 글씨를 상상하기에 족하다. 가히 학문의 신을 함축한 상징물이다. 그 앞에 서니 온몸에 소름이 돋는다. 머리가 저절로 숙여진다. 붓을 잡고 서예를 한다고 서단(書壇)에 이름을 올려놓은 나 자신이 한없이 부끄러워진다.

이곳은 헤이안 시대의 귀족이자 학자, 시인, 정치가였던 미치자네를 모신 신사다. 어려서부터 재능이 뛰어난 그는 일왕의 총애를 받으며 우대신(右大臣)까지 올랐다가 권력 다툼에 밀려서 후쿠오카의 다자이곤노소치[大宰權帥]로 좌천되었다가 3년 만에 병사한 비운의 천재다. 그가 죽은 후 교토의 왕실에는 크고 작은 재앙이 빈번했다고 한다. 왕실은 그의 원령(怨靈)이 저주를 내리는 것으로 인식하고 태정대신(太政大臣)으로 추종한 후 '학문의 신'으로 받들도록 하였다. 그리하여 그가 죽은 지 16년이 지난 919년에 이 신사가 창건된 것이다.

세상에는 붓글씨에 얽힌 많은 이야기들이 전해 온다. 조선 시대의 명필 추사선생은 글씨를 잘 쓰기 위해서는 적어도 "벼루 열 개는 맞창을 내야 하고, 천 자루의 붓이 닳아서 못 쓰게 되어야 한다."는 일화를 남긴 바 있다. 중국에는 마철저(磨鐵杵)라는 말이 전해 내려온다. 왕희지가 어릴 때 입산하여 글씨 공부를 하고 내려오다가 노인이 쇠공이를 열심히 갈고 있는 것을 보고 연유를 물었다. 공이를 갈아서 바늘을 만들고 있다는 대답을 듣고 다시

산으로 들어가 글씨를 연마하여 서성(書聖)이 되었다는 유명한 이야기다. 과문한 탓이겠지만 지금껏 붓무덤이 있다는 이야기는 들어본 적이 없었으니 이것을 본 것은 내게는 큰 행운이 아닐 수 없다.

텐만구를 돌아보면서 두물머리의 다산 유적지를 생각한다. 다산은 18세기 실학사상을 집대성한 최고의 실학자이자 개혁가이며 정치가다. 그는 정조의 총애를 받으면서 39세에 형조참의에 책봉되었다. 정조가 승하하자 노론의 공격으로 투옥되었고 강진으로 유배당했다. 유배 생활 18년 동안 ≪목민심서≫ ≪경세유표≫ 등 많은 책을 저술했다. 고향집 '여유당(與猶堂)'으로 돌아와서도 300여 권의 주옥같은 저서와 시문을 남겼다. 이만한 저서를 남기자면 그 또한 족히 천 자루 이상을 몽당붓으로 만들었으리라.

다산은 분명 미치자네를 능가하는 조선의 위대한 학자다. 그러나 유적지에는 텐만구의 붓무덤에 견줄 만큼 가슴 찡하는 상징물을 찾아보기 어렵다. 다산의 유적지를 온 국민이 숭배하는 교육의 장으로 승화시키지 못한 점 또한 아쉽다.

텐만구를 나오면서 학문을 소홀히 한 지난날들이 한없이 부끄럽고 후회스럽다. '학문의 신'은 이방인인 내게도 보이지 않는 채찍을 가했는지 등줄기에 식은 땀방울이 맺히는 듯했다.

(2016.)

대백제, 깊은 잠에서 깨어나다

백마강의 고요한 달밤아

고란사의 종소리가 들리어 오면

구곡간장 찢어지는 백제 꿈이 그립구나….

어쩌다 친구들과 노래방에라도 가면 즐겨 부르는 〈백마강〉 연가(戀歌)다. 왜 하필 그 노래인지 딱히 설명하기는 어렵지만, 내 가슴 한 구석에는 백제에 대한 연민이 숨어 있기 때문이 아닐까.

세계 어느 나라의 역사를 보아도 영원히 존속한 나라는 없다. 나라가 망하면 통치 계급과 그 일족들은 살육을 당하고 죄 없는 민초들까지 노예로 전락하거나 팔려갔다. 그 문화와 역사까지 끊임없이 말살당하였다.

찬란한 문화를 자랑하던 백제 또한 국운이 쇠락하고 계백 장군이 이끌던 오천 결사마저 황산벌의 항전에서 나 · 당 연합군에게

패하면서 나라가 없어졌다. 삼천 궁녀가 백마강으로 투신하였다는 전설은 영원히 우리를 슬프게 한다. 그때 많은 백제의 통치 귀족과 학자, 각종 기능 보유자들과 민초들은 황해를 돌아 현해탄의 거센 파도를 건넜다. 이들은 다행스럽게도 오늘의 일본을 일으킨 문화의 초석이 되었다.

한반도에서는 백제의 모든 것이 백마강의 원혼이 되어 1천400여 년 동안 깊은 잠에 빠져 들었다. 역사는 예나 지금이나 이긴 자가 모든 것을 독식하는 하나의 괴물이다. 비록 당나라의 힘을 빌려 삼국을 통일하였지만, 신라의 천년 고도 경주는 보존된 유적도 많이 남아 있으며 발굴되고 고증된 유물도 많다. 우리가 세계에 내놓아도 손색이 없는 역사 유적지로 빛을 발하고 있는 것이다. 고구려 유적지는 분단된 북한에서 잠자고 있으니 지금은 생각할 겨를이 없다. 백제의 고도 한성과 공주, 부여가 이제까지 깊은 잠에서 깨어나지 못하고 있었음은 무슨 연유가 있었을까? 마음 한구석에 의문으로 남는다. 백제를 멸망시킨 신라가 무자비하게 백제의 흔적을 지웠으리라는 상상이 내 머릿속을 지배했다. 그 응어리와 안타까움이 슬프고 애련한 〈백마강〉 연가로 분출하고 있을 것이다.

올 가을에 접어들면서 〈1400년 전 대백제의 부활〉, 〈백제! 다시 살아나는 찬란했던 백제 역사와 문화〉 등의 광고가 각종 매체를 장식하고 있다. 행사 기간에 맞추어 부여를 찾았다. 택시를 타고 부여읍 로터리를 지나는데 백제를 융성시킨 성왕상이 웅장한 모습으로 나를 맞는다.

"백제문화는 삼국문화의 한 축으로서 우리 민족문화의 근간을 이루고 있을 뿐 아니라, 고대 동국 문화의 중심이었으나 그동안 고증 등이 미흡하여 실체를 가늠하기가 어려웠다. 그러나 고분 등에서 꾸준히 발굴된 유물들과 백제 역사의 지속적인 연구로 백제 문화단지 사업이 기획되고 추진되었다."고 안내 책자가 밝혀 준다. 부여읍 합정리 일원의 백여만 평에 사비궁, 능사, 생활 문화 마을, 건국 초기의 위례성, 백제역사문화회관 등이 조성되었다. 금년에는 백제의 옛 도읍지 공주와 부여 일원에서 대대적인 축제를 하고 있다. 오랜만에 잠에서 깨어난 백제 고도(古都) 부여가 활기를 띠는 것 같아 반가웠다.

부소산성의 맞은편에 조성된 백제문화단지는 여성스러운 뒷산을 배경으로 남쪽에는 백마강이 흐르는 배산임수의 명당으로 보였다.

궁궐이나 부속 단지의 배치도 아름답다. 그 규모 또한 방대하고 멋스럽다. 건물의 단청은 백제 왕궁의 단청을 고증하였으며, 고분에서 출토된 와당(瓦當) 등에서 고증한 기와와 용마루가 백제인들의 예술혼을 감지할 수 있다.

백제는 우리나라 문화에 끼친 영향도 크지만, 일본에 끼친 영향이 더 크다는 것이 정설이다. 일본 사람들은 백제를 '구다라'라고 부른다. 이는 백제라는 한자를 일본식으로 표기한 말이 아니고, '큰 나라'라는 우리말이 오랜 세월을 거치면서 구다라로 변했다는 것이다. 큰 나라! 일본인들에게는 백제가 그들의 큰 나라였던 것이다. 역사학자들의 이야기로는 현 일본인구의 육십 퍼센트 정도는 백제인의 후손이라는 연구도 있다.

일본인들의 구다라에 대한 향수는 대단하다. 그들에게 백제인의 피가 흐르고 있음을 알 수 있다. 그러니 〈세계 대백제 전〉의 관람객 중 3분의 1이 일본인이라는 것이다. 꼭 3분의 1이 아니면 어떤가? 많은 일본인들이 다녀간 것만은 사실인 것 같다. 우리가 관람을 마치고 점심을 먹는데도 젊은 대학생 차림의 일본남녀 서른 명쯤이 식당으로 들어오고 있었다.

이제 1400여 년 동안 깊은 잠에 빠져들었던 대 백제가 서서히 깨어나고 있다. 무열왕릉과 국보 제287호인 백제금동 대향로가 발굴되면서 우리를 흥분시킨 바 있으며 공주의 '공산성' 등이 세계 문화유산에 등재되었다. 부활하는 백제의 역사와 문화를 자랑스러운 문화유산으로 가꾸어 나가기를 진심으로 바란다. 그것은 정부만의 일이 아니라 우리 국민 모두가 관심을 가질 일이다.

668년 동안 삼국시대의 한 축이었던 고대문화 국가 백제가 부활하고 있다. 이제는 애련하고 구슬픈 〈백마강〉연가 대신에 〈백제의 찬가〉를 부르고 싶다.

(2011.)

한 떨기 코스모스

아침 신문을 펼치니, 설악산 대청봉에서 시작된 단풍이 벌써 천불동 계곡까지 내려왔다고 한다. 어느새 가을이 이렇게 깊어간다. 오후의 하늘은 구름 한 점 없이 맑고 높다. 서산으로 기우는 햇빛이 더 사위기 전에 꽃씨를 받아야겠다는 생각으로 집을 나선다. 발길은 창릉천으로 향한다.

창릉천은 자연생태계에 맞춰 복원하는 하천이다. 습지에 갈대를 심고, 둔치에 억새, 쑥부쟁이, 꽃창포 등 토종 식물을 가꾸고 있다. 이렇게 노력한 지 5~6년이 지나니 수양버들, 아카시아와 같은 다양한 나무와 잡초 씨앗이 날아들어서 이제는 하천 전체가 마치 토종생태계의 전시장같이 풍성하다. 군데군데 물웅덩이에는 어른 팔뚝 만하게 자란 잉어 떼며 모래무지 버들치들이 놀고, 백로와 오리 떼가 오가며 물고기 사냥을 즐긴다.

봄에 창릉천 산책길을 걷고 있는데 코스모스 한 포기가 잡초가운데서 탐스럽게 자라고 있었다. 코스모스는 멀리 멕시코가 원산지라지만 우리나라 생태계에도 잘 적응한다. 어디선가 꽃씨가 날아와서 싹을 틔우고 잡초들과 어깨를 견주고 있는 모습이 예사롭지 않았다.

처서(處暑)가 지나고 가을로 접어들자 천변공원을 관리하는 인부들이 잡초를 깎기 시작했다. 어느 날 산책하다가 군데군데 잡초가 깎인 것을 보고 그 코스모스도 잡초와 같은 운명이 되지 않았을까 염려하며 그곳에 가 보았다. 다행히 인부들은 꽃이 피기 시작한 한 코스모스를 안전하게 보호해 놓았다. 밑 대궁에는 흙을 쌓아서 뿌리를 튼실하게 하고, 줄기에는 작은 지주목을 꽂고 대궁 위쪽에는 세 갈래 버팀줄까지 매어놓은 것이 아닌가. 잡초들과 어울리던 코스모스를 오히려 더 튼실하게 독립시켜놓았다. 코스모스는 보답이라도 하듯, 아름답고 청초한 꽃을 피우기 시작했다. 주위에는 숲을 이룬 억새, 갈대, 쑥부쟁이 등의 가을꽃들로 현란했다. 식물들의 종족 번식을 위한 본능과 준비 속에서 가을의 풍성함을 보았다. 바람에 한들거리는 한 떨기 코스모스 꽃이 내 가슴을 뭉클하게 하며 순간 어머니의 일생이 다큐멘터리처럼 머리를 스쳐 지나갔다.

어머니는 네다섯 살 무렵 외할아버지 내외를 따라 무인도였던 외딴 섬에서 사신 적이 있다. 어린아이는 엄마가 만들어 준 파래떡을 우물가에 놓고 왕비가 되게 해달라고 열심히 기도했다고 한다. 그러나 어머니의 일생은 그분이 꿈꾸던 세상이 아니었다. 열여섯 어린나이에 양가 부모의 간택으로 동갑내기 아버지와 결혼하였다. 젊은 나이에 아버지는 외지로 떠나시고 홀로 어린 삼남매를 기르셨다. 아버지는 일본을 전전하시다가 사할린으로 가셨고 그 사이 두 딸까지 잃으셨다. 오직 자식 하나를 공부시키면서 젊음을 불사르신 분이다.

코스모스 꽃에서 나는 나약한 듯했지만 강인하셨던 어머니의 환영(幻影)을 보았다. 일시적인 것이 아니요, 보면 볼수록 어머니의 젊은 모습이 선명하게 떠올랐다. 어머니는 추수를 한 다음이면, 보름날을 택하여 지신(地神)께 천신(薦新)을 하고, '용왕님'께 기도드리기 위해 바다로 향하셨다. 그것은 멀리 바다 건너에 계신 아버지의 무사귀환을 염원하는 간절한 기도를 위한 의식이었다. 달빛을 온 몸에 받으며 떡 시루를 머리에 이고 흰 치맛자락을 펄럭이며 바다로 향하시던 그 청초한 모습. 그뿐인가, 농사와 길쌈만으로는 내 학비를 마련하기가 어려워지자 멀리 도매상에서 옷감을 사서 머리에 이고 이웃 동네까지 팔러 다니셨다. 아침에 나가시면 해가 서해 외딴 섬 위에 걸릴 때가 되어서야 지친 몸으로 동구 밖에 나타나셨다. 아련하게 잊혀가는 어머님의 모습들을 나는 코스모스 꽃에서 다시 본 것이다. 내 가슴속 어딘가에 깊이 박혀 있는 어머니의 젊은 시절 모습이었다.

어머니가 보고 싶으면 그 꽃을 보러 나갔다. 생전에 어머니께 불효하였던 일이 생각나도 그 꽃 앞에 섰다. 아무 생각 없이 산책할 때도 그 꽃 앞을 지나면 어김없이 어머니 생각으로 숙연해졌다.

가을이 깊어지면 코스모스 꽃도 씨를 남기고 떨어진다. 내년에는 더 많은 코스모스 꽃이 그 자리에 피겠지만 무언가 허전하고 아쉽다. 어느 날 문득 꽃씨를 받기로 다짐했다.

다른 꽃도 그렇겠지만 코스모스 씨는 같은 시기에 여물지 않는다. 아마도 꽃이 핀 순서대로 씨앗도 여무나보다. 여문 씨앗은 빨리 떨어진다. 지난주에 나가서는 씨앗을 조금밖에 받지 못했다. 일주일이 지나서는 많은 꽃씨를 받을 것이란 생각으로 나갔지만 흡족하진 않았다. 다음 주에 더 많이 받으리라 다짐하며 발길을 돌렸다.

내년 봄에는 어머님의 묘소 앞 양지 바른 곳에 작은 꽃밭을 만들 것이다. 고운 흙에 적당한 거름을 섞고 코스모스 씨앗을 정성스레 뿌려보리라. 그 꽃이 피면, 꽃밭에 앉아 생전의 불효를 용서해 달라고 어머니께 말씀이라도 드려 볼 생각이다. 주머니 속에서 씨앗들의 속삭이는 소리가 들려오는 것 같다.

(2017.)

이렇게 살다 왔습니다

러시아 블라디보스토크 항에 정박한 크루즈선, 코스타 빅토리아호의 승객 대부분은 시내관광을 위해 썰물처럼 빠져나갔다. 나는 이곳이 10여 년 전 시베리아 횡단철도를 타기 위해 머물렀던 터라 선상에 남았다. 무료함도 달랠 겸 함상의 술집, '코스타 씨'에 앉아 있다. 실내는 비교적 아늑하고 조용한 분위기다. 인도네시아인 바텐더만이 홀로 무언가 분주한 모습이다.

탁자 위에 세워놓은 '음료와 칵테일 리스트'를 뒤적여 보지만 무엇을 주문해야 할지 아리송하다. 바텐더를 불러 추천을 부탁하니 '오늘의 스페셜, 보드카 트리플쉐이크 오렌지 주스'를 권했다. 이윽고 간단한 안주와 함께 내온 술을 보는 순간, 빛깔과 향이 나그네의 마음을 부풀게 한다.

배가 볼록한 유리잔에 노란 빛깔의 술이 적당히 담겨 있다. 오렌지를 알맞게 저며서 잔 가장자리에 끼워놓고 체리 서너 알을 보기도 아름답게 꼬치에 꽂아 놓았다. 술잔을 입술에 대는 순간 맛이 황홀하다. 러시아의 명주(銘酒) 보드카는 마셔보았지만, 이런 배합은 처음이다. 술의 향과 분위기에 기억 저 멀리에 숨겨뒀던 추억들이 잔잔하게 물결친다.

이곳은 막강한 러시아 극동함대의 모항이다. 창밖으로 보이는 저 아래 푸른 바다에는 러시아의 군함들이 분주히 오가고 있다. 이 나라는 우리에게 어떤 나라였나? 근세의 역사만 보더라도, 제2차 세계대전 전승국으로서 우리나라를 남과 북으로 분단시킨 주역이었고 북쪽을 도와 처참한 민족상잔의 전쟁을 일으킨 나라다. 더욱이 동·서 냉전의 한 축이며 공산주의 종주국이었던 옛 소련이다. 지금은 그 자리를 포기하면서 개방을 했지만 경제력이 무력을 뒷받침하지 못해 과거의 위상에는 못 미치는 나라가 되었다.

반면 분단된 우리나라는 어떤가. 국토의 반쪽으로도 경제성장을 지속하여 세계 10대 경제대국으로 발돋움했다. 적어도 경제면에서는 러시아를 저만큼 앞서가고 있다. 마음 한 구석에 자리한 얄궂은 우월감마저 꿈틀거린다.

한반도의 중부 서쪽 갯마을에서 태어난 나는 어떻게 이곳에 앉아서 술잔을 마주하고 있을까. 걸어 온 길이 감미롭다. 고향 마을은 전체가 가난했다. 농토라야 산골 다랑이논과 비탈밭이 전부였으니 아무리 노력해도 마을 사람 전체가 먹을 식량을 대기에는 부족했다. 보릿고개에 가뭄이라도 심하게 들면 마을 아이들 중

몇몇은 부황에 시달리기도 했다. 피부는 누렇게 뜨고 배만 볼록했다. 요즘 유니세프 등에서 보내주는 홍보 영상을 보노라면 어릴 적 우리 마을 어린이들이 생각난다. 그때는 어른 애 가리지 않고 바다로 나가 조개를 캐고 산에 올라 나무껍질을 벗겨서 허기를 채워야만 했다. 이러한 열악한 환경에서 나는 비록 학교는 늦었지만 고향의 중학교를 거쳐 서울로 유학하였다.

사회생활을 시작할 무렵에는 새마을운동이 요원의 불길처럼 번졌다. 누구나 '잘 살아 보자'고 열심히 일했다. 민족 자본이 거의 없는 열악한 환경에서 경제인들은 오직 산업보국을 위해 열심히 노력했는데, 그것은 무에서 유를 창조하는 과정이었다. 학교를 졸업하고 어렵게 들어 간 곳이 우리나라 최대 경제단체였다. 그곳에서 유수한 경제인들의 일하는 열정도 보고, 성장하는 기업의 특성을 가까이에서 체험도 하였다. 경제가 발전하는 모습도 거시적인 통계로 접했다. 십여 년의 경제단체 경력을 쌓은 후에는 건설업계에 몸을 담았다. 당시의 건설업은 중동개발 붐을 타고 많은 외화를 벌어들여 국내 경제 발전에 많은 기여를 했다. 한편 나라 안에서는 항만 · 도로 · 댐 건설 등 사회 간접자본 확충과 절대적인 주택수요에 부응하느라 호황이 지속되었다. 건설업계에서 내가 맡은 일은 주로 신도시 개발과 주택 신축 부분이었다. 지금도 나의 열정이 녹아든 분당, 일산 등 당시에 개발된 신도시의 아파트들을 보노라면 자랑스럽고 흐뭇하다.

은퇴 후에는 서예 지도와 중국 고시(古詩)를 강의하고 있다. 붓을 잡으면 왕희지나 안진경의 필적(筆跡)이 붓끝에서 맴돌기도 한다. 그뿐인가, 어른들과 함께 중국 고시를 논할 때면 도연명이나 이백, 두보 등 옛 시선(詩仙)들의 정신세계도 어렴풋이 기웃거리게 된다. 나이 들면서 고전도 공부하면서 보잘 것 없는 재능이라도 기부하고 있으니 젊을 때는 느껴 보지 못한 즐거움이 있다. 그 뿐인가. 부부가 비교적 건강하여 크루즈선을 타고 여행하고 있으니 이만하면 괜찮은 늙은이가 된 기분이다.

아늑한 선상 바에 홀로 앉아 과거 우리를 억눌렀던 구소련을 바라보면서 칵테일 향에 취하니 우리 세대가 땀 흘려 이루어 놓은 지난날들이 모두 자랑스럽다. 역사상 우리 민족이 언제 이러한 우월감을 가져본 적이 있었는가.

중국 동진의 시인 도연명은 그의 ≪귀거래사≫에서 "부귀는 내 바라는 게 아니다."라고 읊었지만 나는 부귀를 바라면서도 이루지는 못했다. 그러나 어디 부귀만이 인생의 전부인가. 이렇게 만족감을 느끼며 건강하게 살고 있으니 감사하다. 이승을 떠나는 날, 선산에 잠드신 어머님 품에 안겨, "이렇게 살다 왔습니다."고 어리광이라도 부리고 싶다.

(2016.)

압록강 단교(斷橋)

조간신문 앞면에 큼지막하게 실린 사진 한 장이 눈길을 끈다. 어느 신문사가 통일을 기원하기 위해 기획한 '원 코리아 뉴라시아 자전거 원정대'가 압록강 저편 중국 단동의 끊어진 다리 앞에 멈춰 섰다. 대원들은 그곳에서 우리 땅 의주를 원망스러운 눈빛으로 바라보고 있다.

원정대는 독일 통일의 상징인 베를린의 브란덴부르크 문에서 출발하여 1만3천여 킬로미터를 달려 왔다고 한다. 그 많은 나라의 국경을 넘으면서 숨차게 달려온 그들의 은륜이 정녕 우리나라의 국경은 넘지 못하고 멈춰 선 것이다.

나는 지난 수년 동안 이 단교 위에 서서 의주 땅을 바라보았다. 때로는 한낮에 그곳에 있었고, 깜깜한 밤에도 그곳에서 분단의 아픔을 되씹었다. 어느 날 낮에는 압록강 저편에서 영혼조차 없는 듯 느리게 이동하는 군상(群像)에 눈시울을 붉히기도 했다. 일제

강점기에 지었을 법한 낡은 공장들의 굴뚝에는 연기가 보이지 않았다. 그곳은 세월의 시계추가 오래 전에 멈춘 듯 했다. 어두운 밤, 단동의 현란한 불빛을 등지고 그곳에 서 있으면 맞은편 의주 땅은 칠흑과도 같이 적막했다.

압록강은 헤아릴 수조차 없는 우리 역사의 흔적이 흐르는 강이다. 연암 박지원은 청나라에 가는 조선 사절단에 끼어서 이 강을 건넜다. 그가 첫발을 디딘 강 건너 청나라의 모습은 신천지였다. 사람들의 생활 모습이 우리와는 현저하게 달랐다. 난생 처음 보는 것들이 그의 눈을 휘둥그렇게 했다. 그가 보고 들은 것들을 써 내려간 것이 ≪열하일기≫이다. 그 뿐이랴 일제 강점기가 시작될 무렵, 항일운동에 연루되어 중국을 거쳐 독일까지 피신한 이미륵은 ≪압록강은 흐른다≫라는 소설을 남겼다. 그는 압록강을 처음 본 소회를 "오랜 옛날부터 우리 고국을 이 무한한 만주 벌판과 분리시키고 있는 국경의 강은 막을 길 없이 흐르고 흘렀다."라고 썼다. 이 소설은 독일의 교과서에까지 실린 우리 겨레의 수난사이기도 하다.

이후 일제 강점기를 거치면서 이 강은 대륙 침략의 요충지였다. 6 · 25전쟁 중 중공군이 남하하자, 일제가 압록강에 놓은 인도교는 미군의 폭격으로 끊겼다. 전쟁이 멎은 지 70여 년이 지났지만, 이 다리는 끊긴 채로 방치되어 있다. 강 한 가운데가 중국과 북한의 국경선이다. 국경선 북쪽 단동에는 마천루가 하늘을 찌를 듯하고, 끊긴 다리도 말끔히 복원되었다. 이 '압록강 단교'는 밤의 현란한 조명과 함께 중국의 관광자원으로 개방되고 있다. 입장료를 내고서야 복원된 다리 끝 국경선까지 갈 수 있다. 그 끝에 서서 바라본 의주 쪽에는 폭파되지 않은 채 남은 교각들이 흉물스런 모습으로 서 있다. 발아래에는 검푸른 강물만이 "막을 길 없이 흐르고 흐른다."

단교 왼편에는 북 · 중철교가 있다. 철도는 단선이다. 한 선에는 자동차 도로를 만들어서 화물차들이 편도 형식으로 통행하고 있다. 간간히 기차가 오가고, 화물차의 왕래도 뜸하다. 이러한 현실에서 북 · 중 교역이 얼마나 될 것인가 하는 생각이 든다.

북 · 중 간의 주요 통로인 이 단교를 그들은 왜 70여 년이나 잇지 않고 있는 것일까. 그 속내야 알 길이 없지만 그곳에 설 때마다 얄팍한 생각이 나의 머리를 스쳐갔다. 북한으로서는 미국을 철천지원수로 묶어두기 위한 흉계이리라. '미제'의 폭격으로 끊어진 다리는 '인민'들의 미제에 대한 적개심을 일으키는 좋은 교화 자료일 것이다. 중국의 생각은 어떨까. 그들은 언제나 조선의 외세 침략을 돕는다는 명분으로 파병했다. 일본의 침략에는 항왜원조(抗倭援朝)요, 미국의 침략에는 항미원조(抗美援朝)였다. 중국은 '우리가 너희를 도왔다.'는 명분으로 북한을 계속 품안에 넣어두고 싶을 것이다. 그러니 양국은 경제적 효과는 뒷전인 채 이 전쟁의 흔적을 전략적으로 이용하고 싶은 이념적 효과 이념적 상징일 것이란 씁쓸한 생각을 한다.

단동에 있는 '항미원조 박물관'이나 압록강 변에 선명하게 조각한 '압록강단교'라는 한문 부조들을 보노라면 이런 생각을 지울 수가 없다. 인민의 생활향상이나 경제발전은 뒷전이고 오직 선전과 생색의 희생물이 된 단교가 내 눈에는 애처롭게만 보였다.

이 자전거원정대가 압록강을 건넌다면 사흘 안에 서울에 도착한다고 한다. 그러나 그들은 그 단교 앞에서 분단의 한을 품은 채 자전거 바퀴를 동쪽으로 돌렸다. 압록강과 두만강 저편의 중국길을 따라 러시아의 블라디보스토크 항으로 향했다. 동해를 통해서 서울로 오기 위함이다. 보름이나 더 걸리는 길을 택한 것이다.

분단된 독일의 통일도 어느 날 갑자기 이루어진 것이 아니라고 한다. 그들은 2차 세계대전의 전승국들 틈에서도 조그만 일에서부터 서로 신뢰를 쌓고 소통하면서 통일의 대업까지 이루었다고 전해진다. 그들이 한 일을 왜 우리 민족은 못하는 걸까. 안타깝기만 하다. 남과 북이 거창한 담론이나 허세를 접고 작은 신뢰부터 하나하나 쌓아 가면 우리도 할 수 있을 것을.

단교 앞에서 우리 땅을 바라만 보다가 고달픈 은륜을 동쪽으로 돌리는 원정대의 뒷모습이 애처롭다. 그들을 바라보는 남과 북의 정치 지도자들은 무슨 생각을 하고 있을까.

(2014.)

'지산(芝山)선생님'을 생각하며

오늘 따라 책상 위에 모시고 있는 할아버지의 사진 모습이 더욱 선명하다. 설원에 반사된 햇빛이 유난히 밝은 아침, 동남창으로 햇살을 받아서일까. 할아버지의 근엄하셨던 생전 모습이 떠오른다. 가슴이 더욱 먹먹해 온다.

평소 내가 품어 온 할아버지는 언제나 엄하고 추호의 빈틈도 없는 분이셨다. 민초들은 몹시 가난하고 거의 무식하였던 조선조 말에 가난한 농부의 셋째 아들로 태어나신 할아버지. 어릴 때부터 총명하여 증조부는 고명한 독선생(獨先生)을 수소문하여 집에 들이고 한학을 가르쳤다. 증조부는 바닷가 불가마에서 소금을 굽고 산에서 나무를 베고 산골에 달라붙은 다랑이 몇 백 평을 소작하는 어초옹(漁樵翁)이었다. 그 군색함을 부지런함 하나로 감내하면서도 자식 가르치는 데 온힘을 쏟은 것 같다. 할아버지는 학구열도 출중하여 이십대 초반 젊은 나이에 서당(書堂)을 세우고 후학을 가르치기 시작했다. 온 마을 사람들의 존경을 받는 학자가 되셨다. 호는 지산(芝山)이요, '지산 선생님' 하면 인근 향리에까지 모르는 이가 없고 많은 사람들에게는 '선생님'으로 통하였다. 할아버지의 훈학의 터전이었던 삼덕서당에는 멀리에서도 서생들이 몰려들었다.

나도 말을 배울 무렵부터 한학 공부를 시작한 것 같다. 할아버지는 나에게 몹시 엄하신 분이셨다. 만약에 잘못이라도 하면 종아리를 걷고 회초리를 맞아야 했다. 그분의 말씀은 언제나 옳았다. 행실은 사람들의 모범이 되었다. 유교의 근간인 삼강(三綱) 오륜(五倫)을 철저히 가르치고 몸소 실천한 분이다. 일제강점기에 단발령이 내려지고 모든 서당을 폐쇄하라는 서릿발 같은 분위기에서도 끝내 머리를 자르지 않고 상투에 망건을 쓴 근엄한 선생님이셨다. 유교사상이 투철하고 향리의 존경을 받는 분이니 당시 도지사도 눈 감아 준 일화는 유명하다.

부모가 살아계실 때는 효도를 극진히 하고 돌아가시자 음력 초하루와 보름이면 어김없이 의관을 갖추고 험한 산길 이십여 리를 걸어서 성묘를 하셨다. 묘역에서 기승을 부리는 잡초를 뽑다보면 해가 뉘엿뉘엿해서야 집에 돌아오시곤 하였다. 시계와 달력도 드문 때라 인근의 농부나 아낙네들은 하얀 도포에 갓을 쓴 할아버지의 성묘행차를 보고 그날이 며칠인지를 알았다고 한다.

당시 인근의 친일 세도가 한 사람이 선대 할머니의 묘역이 자기

네 땅이라고 온갖 방법을 동원하여 행패를 부리자 백여 리나 떨어진 일본인 경찰서장을 찾아가 시비를 가려 줄 것을 청원하였다. 경찰서장도 이 청원을 받아들여서 분쟁을 말끔히 해결한 일은 일가들 간에 두고두고 칭송되었다. 대동보(大同譜)를 편찬할 때는 몇백 리 길을 걸어서 왕래하며 낙향한 일가들의 족보를 일일이 챙기셨다. 그러니 향리나 일가들은 큰어른으로 추앙하여 크고 작은 집안일들까지 가르침을 받았다.

할아버지께서는 향년 팔십칠 세에 타계하셨다. 나는 그분의 지극한 효성과 고매한 학덕(學德)을 기리기 위하여 서당 뒷산인 파금봉(播金峰) 양지바른 자락에 유택을 마련하였다. 묘정에는 송덕비(頌德碑)도 세우고 가족 묘지를 조성하였다. 그곳에는 당시 생존했던 제자 이백여 명이 세운 경모비(敬慕碑)도 함께 서 있다.

음력 선달그믐 아침, 나는 왜 할아버지 사진 앞에서 울적해지는 것일까. 생전에 효를 지고지선의 생활 철학으로 삼아 몸소 실천하였으며 후학양성의 지표로 삼은 분. 그 효사상이 오늘날 날개 떨어진 새처럼 추락하고 있다. 매장 묘가 마치 사회와 환경에 큰 피해라도 끼치는 양 너도 나도 화장을 한다. 기존의 무덤마저 파헤쳐서 태우고 납골(納骨)을 하면서 마치 선구자인 양 떠드는 사회 지도층 인사들까지 있다. 선조 묘를 그렇게도 신성시하던 미풍양속은 구습으로 천대 받으면서 허물어지고 있다. 우리의 가족묘도 예외일 수 없다. 묘하를 지키던 사촌마저 먼저 세상을 떠나니 이제 묘역을 관리할 길조차 막연하다. 나 또한 잘해야 일 년에 두어 번 자식들과 손자들을 데리고 성묘하는 것이 고작이니 누구를 탓하랴.

살아계실 제 항상 '세상은 말세(末世)'라고 한탄하시던 말씀이 오늘 아침에 생생하게 들려오는 듯하다. 할아버지는 오늘날의 현실을 보면서 무슨 생각을 하고 계실까. 머리를 들어 사진을 다시 보니 근엄한 모습보다는 이 사회의 도덕적 타락을 근심하시는 모습이 역력하다. 사회에 도도히 흐르는 큰 물결을 거역할 수는 없다. 큰 명절인 설을 하루 앞둔 오늘, 할아버지의 사진 앞에서 죄스러운 마음 금할 길 없다.

'나는 부모에게 효도를 다하였는가?'

눈가에 이슬이 맺힌 채 그 분의 사진을 처연하게 바라보고 있다.

(2013.)

돌이킬 수 없는 학창 시절

고등학교 시절 은사 말씀 중 가장 기억에 남는 경구가 있다. 1학년 영어를 담당하시던 K선생님은 공부를 게을리하는 학생에게는 출석부로 머리를 밀면서 특유의 억양으로 "공부 좀 해요"라고 나무라셨다. 반 친구들은 꾸지람을 듣는 친구가 고소해서, 철없이 낄낄대고 웃었다. 그러나 그 선생님은 개의치 않으시고 언제나 같은 말씀으로 우리를 독려했다.

그 시절을 대부분 학생들이 어려웠지만, 나에게도 참으로 어려운 시기였다. 문명의 오지였던 태안반도의 끝자락이 고향인 나는 뒤늦게 초등학교 고학년으로 편입하여 학교생활을 시작하였다. 초등학교 동창생 삼십여 명 중에 세 명만이 중학교에 진학하였다. 진학하는 나를 부러워하며 눈물짓던 어린 친구들의 모습이 지금도 눈에 선하다.

중학교 때는 혼자 자취를 하였다. 학교 맞은 편 언덕 위에 있는 자취집은 작은 초가였는데 바람막이 울타리조차 없어서 겨울이면 매서운 북풍을 견디기가 힘들었다. 밤마다 울어대는 문풍지 소리와 추위 때문에 잠을 잘 수가 없었다. 아침에 일어나보면 책상 위의 잉크병이 꽁꽁 얼어 있는 일이 허다했다.

고등학교는 그저 밀려서 진학한 것 같다. 당시 나는 목표도 꿈도 없었던 듯하다. 남이 서울이 좋다고 가니 나도 가야겠다는 막연한 마음뿐이었다. 서울로 학교를 가겠다고 어머니에게 철없이 졸라댔다. 고등학교에 관한 정보도 캄캄했다. 진학지도 선생이나 담임선생도 제자들의 상급학교 진학에 별로 신경을 쓴 것 같지 않다. 당시 중학교 선배 중에서 공부를 곧잘 하던 학생 두세 명이 고등학교 원서를 가지고 찾아와서 학교 자랑도 하고, 공부 잘하는 놈은 중앙을 가라면서 입학원서를 주었다. 나는 그 말을 믿고 선생님께 들고 가서 원서를 쓴 기억이 난다. 동창 중 네 명이 원서를 냈다.

나의 모든 처지로 보아 서울로 유학할 형편이 못되었지만, 시험이나 한 번 보겠다는 생각이었다. 서울에 갈 길도 막막하고 가보아야 있을 곳도 없었다. 다행히 같은 반 친구가 자기와 함께 가서 친척 집에서 머물면서 시험을 보자는 것이었다. 그때 처음 발붙인 곳이 삼청동이다.

시험을 어떻게 보았는지 기억에 없지만 발표 날만은 또렷하게 기억한다. 혼자 학교에 가서 본관 앞 동쪽 축대에 길게 붓으로

써 붙인 합격자 번호를 보았다. 두어 번 좌우로 살폈지만 내 번호는 찾을 길이 없었다.

나는 고향으로 돌아갈 걱정을 하면서 교문을 빠져 나오다가 자기 아버지의 손을 잡고 걸어가는 K군을 만났다. K군은 나를 보더니 반색을 하며 축하한다고 손을 잡았다. 그의 아버지도 서산중학교의 영광이라며 축하해 주셨다. 나는 불합격인데 뭘 축하하느냐고 반문했다. K군이 이르기를 "너는 번호로 발표한 것이 아니고, 맨 처음에 학교명과 학생 이름으로 발표했어." 하는 것이었다. 나는 다시 발표장으로 발길을 돌렸다. 거기에는 내 출신학교명과 성명이 열 번째 줄에 선명하게 한자로 쓰여 있었다. 꿈에도 생각해보지 못한 상위 합격이었다. 이렇게 해서 서울 생활은 시작되었지만, 당장 먹고 잘 일이 막연하였다.

내 처지를 들은 이웃 아주머니가 당신 집에 살면서 아이들과 같이 공부하라고 방을 내주셨다. 그 아주머니 친구는 자기 남편의 제자를 소개하여 가정교사 자리를 마련해 주시는 등 많은 도움을 주셨다.

석양이 물들 무렵에 삼청공원에 오르면 장안에 다닥다닥 엎드린 집들에서 저녁밥 짓는 연기가 피어올랐다. 내 눈에 비치는 서울 장안은 동화 속의 그림과도 같았다. 장안을 내려다보면서 저 많은 집들 중 내 집은 왜 없을까 하고 탄식하였고, 거기에 집 한 채를 마련하여 어머니와 함께 단란하게 사는 꿈을 꾸었다.

고등학교 3학년 때에는 설상가상으로 군대 소집영장이 나왔다. 당시의 병역법으로는 어찌 할 도리가 없었다. 그저 무조건 영장을 찢어버리고 안가는 길만이 상책이었다. 그래서 군대 기피자 고등학생이 되었다.

어렵게 고등학교를 마쳤으나 대학은 가야 했다. 마침 K대학에서, 4년간 S그룹 계열의 전액 장학생 모집이 있었다. 입학금부터 모든 것이 장학금으로 지급되는 조건이었다. S대학에 가는 것을 포기하고 K대학에 원서를 내고 시험을 보았다. 어찌된 일인지 수학과 사회 시험시간에 머리가 하얗게 텅 비는 현상이 오고, 답안은 거의 백지 상태로 제출하였다. 보기 좋은 낙방이었다. 고등학교 입학시험에는 신의 가호가 있었지만 대학시험에는 악마의 저주라도 받았던 것이 아닐까. 황당한 일이었다.

일생을 돌아보면 많은 사람들의 도움으로 오늘에 이르렀다. 나는 과연 무엇을 이루었는가. '공부 좀 해요.'라고 일갈하시던 그 선생님의 금과옥조 같은 말씀을 귀담아 듣지 않고 황금 같은 학창시절을 허송한 업보가 오늘의 나라고 생각한다.

후회한들 다시 돌이킬 수 없는 학창 시절. 그래도 그 추억만은 또렷이 남아 있다.

(2016.)

제5부

글씨 쓰는 즐거움

간월도(看月島)는 충남 서산시 부석면 간월도리에 있는 작은 섬이다. 조선 초 무학대사가 창건하고 송만대사가 중건하였다는 작은 암자, 간월암(看月庵)이 있다. 천수만에 만조가 되면 간월암은 바다 위에 떠 있다. 아름답다. 내가 이 섬을 좋아하는 것은 천수만의 풍경도 아름답지만, 그 창리 포구에서 멀지 않은 곳에 외할머니와 막내 이모가 살고 있었기 때문이다.

열 살쯤 되었을 때 어느 해 가을, 어머니의 손을 잡고 백여 리 길을 걸어서 외할머니 댁에 갔다. 다음날 식전에 이모부는 큰 도미 몇 마리를 사오셨다. 생전 처음 도미 지리탕에 햅쌀밥으로 배를 채웠다. 이것이 탈이었다. 변소를 찾다가 그만 바지 속에 실례했다. 잊히지 않는 참사다. 이 섬을 보면 멀지 않은 해변에 살던 외할머니와 이모내외가 우리 모자를 반갑게 맞아주던 생각이 새로워진다.

잊히지 않는 맛

체중이 불고 혈압도 높아져서 음식을 조절하는 중이다. 음식도 평소보다 적게 먹고 염분 섭취양도 줄이려고 애를 쓴다. 그뿐이랴 즐기던 술 양도 조절하려니 여간 고역이 아니다. 배에서 쪼르록 소리가 나면 제일 그리운 것이 갓 지어낸 따끈한 쌀밥에 김치찌개다.

김치찌개는 우리나라 사람이면 누구나 즐겨 먹는 음식이다. 옛날에야 늦가을에 김치를 담가 땅 속에 몇 항아리 묻고 쌀 몇 섬 곳간에 쌓으면 긴 겨울을 난다. 김치로 조리하는 찌개는 비교적 조리도 쉽고 간편해서 우리네 겨울 밥상에 대표적으로 오르는 음식이다.

이러한 김치찌개가 나에게는 잊지 못할 추억의 음식이 되었다. 그 당시 나는 중학교에 진학할 형편이 못 되었다. 그도 그럴 것이 30여 명이 졸업한 초등학교 동창 중, 중학교에 진학한 학생은 두

세 명에 불과하였다. 고향 마을은 모두가 가난했고 그저 초등학교를 나와 이름자 정도나 알고, 농촌에 묻혀 사는 것이 일반적이었다. 나도 그 중 한 명이려니 했다.

그러나 어머니는 당신이 어떠한 어려움이 있더라도 그 난관을 뚫고 나를 상급학교에 보내야겠다는 의지가 강하셨다. 당시 중학교는 사십여 리 떨어진 곳과 백여 리나 먼 곳에 있었지만 어머니는 이왕 자취를 시켜야 할 바에는 평판이 좋은 멀리 떨어진 학교에 보내야겠다고 결심하셨다. 마침 나와 함께 진학하기로 한 친구가 그 학교에서 십여 리 떨어진 친척집에 묵으며 시험을 보기로 했다며 함께 신세를 지자고 했다. 며칠 먼저 친구는 가고 나는 시험 전날 새벽에 어머니와 함께 집을 나섰다. 버스도 없던 시절, 우리 모자는 산을 넘고 개천을 건너가며 백여 리를 걸었다. 해가 서산에 걸릴 무렵에 그 집에 도착했다.

하루 종일 걸어서 다리도 아팠지만 점심도 설친 터라 배가 몹시 고팠다. 그 집에는 먼저 간 친구와 어린이들만 있고 아주머니는 장마당의 저녁 저자에 갔다고 하였다. 이윽고 어머니 연세쯤 돼 보이는 아주머니가 머리에 광주리를 인 채 들어오셨다. 그분은 우리 일행을 반갑게 맞이하였다. 배가 고프겠다며 따뜻한 쌀밥과 김치찌개를 내오셨다. 김치찌개라야 큰 멸치 몇 개를 넣고 끓인 소박한 것이었는데 그때까지 내가 먹어본 중 제일 맛있는 음식이었다. 그 당시 집에서는 김치를 썰어서 뚝배기에 넣고 밥솥에 찐 것이 김치찌개였다. 거기에는 김치 외에 멸치는 고사하고 다른 어떠한 재료도 들어가지 않았었다. 그러니 김치를 썰어 넣고 멸치를 섞어 별도의 냄비에 끓인 찌개는 처음 먹어 보는 음식이었다. 배까지 고프니 그 맛이란 형용할 수가 없었다.

지금이야 김치찌개에 갖은 재료를 넣고 끓이지만 나에게는 지금도 굵은 멸치를 넣고 푹 끓인 맛이 제일이다. 멸치 특유의 담백함과 잘 익은 김치의 맛을 그대로 전해내는 맛이 내 입맛을 사로잡는다.

그날의 맛과 친절히 맞아주었던 아주머니를 잊지 못하여 고향에 오갈 때면 으레 그 집을 바라본다. 멀리 이화산 밑자락에 보이는 집의 외형이 변해가는 모습을 살피며 세월의 무상함을 실감하기도 한다. 당시는 번듯한 집이었으며 기름진 농가였다. 봄에 보면 마당가의 살구꽃도 탐스러웠고 양철지붕도 번듯하였다. 그러나 세월이 지날수록 주위의 농가가 하나 둘 사라지더니 그 집의 지붕도 빛이 바래고 모서리들이 주저앉으면서 윤기를 잃어가고 있었다.

그 집에 머물렀을 때 들은 이야기로는 아주머니의 남편이 6·25전쟁에 나가 전사하였다고 하였다. 여인은 남편이 남기고 간 얼마 안 되는 농사터에서 철따라 수확한 농산물 일부를 머리에 이고 오후만 되면 십여 리나 떨어진 도시의 장마당에 나가 팔았다. 그 돈으로 생필품도 사고 애들 학비도 보태는 모양이었다.

그 이야기를 들으니 어머니 생각이 나서 가슴이 먹먹했던 기억이 난다.

그 집은 왜 주저앉고 있을까. 아마도 그 아주머니의 아들 딸들도 상급학교에 진학하였거나 대도시의 공장이나 식모 등으로 고향을 떠났을 것이다. 그들은 도시에 정착하여 가정을 일구고 고향에 계신 어머니는 일 년에 한두 번 찾아보는 것이 고작이 아니었을까. 그 어머니는 늙어가면서 자식들 곁으로 가기를 고사하고 먼 옛날에 전사한 남편을 기리며 고향을 지키다가 남편 곁으로 가신 것이 아닐까. 인적이 끊긴 듯 허물어져 가는 그 집을 바라볼 때면 그 여인과 어머님의 일생이 떠오른다.

당시의 많은 어머니들은 그렇게 기구한 운명으로 살다가 저 세상으로 가고 빈 집 터에 잡초만 무성한 곳이 늘어만 간다.

우리들의 고향은 이렇게 변했다. 지금도 그 변화의 속도는 멈출 줄 모른다. 이것이 전쟁과 산업화와 정보화가 남기고 가는 현상이라 생각하니 황폐해져 가는 고향이 더욱 애틋하다.

(2013.)

그대들 있기에 조국이 있다

현충일 아침이면, 우리 가족은 국립서울현충원의 경찰 묘역에서 해돋이를 맞이한다. 6·25전쟁이 발발한 1950년 여름 파주지역 전투에서 전사한 장인어른을 거기에 모셨기 때문이다. 나는 그 어른을 생전에 뵙지는 못하였지만, 결혼 후 40여 년 동안 외국생활 2년을 빼고 매년 현충일에 참배를 하고 있다.

신혼 초에는 아내와 함께였고, 자식들을 키우면서는 그들의 손을 잡고 다녔다. 이제는 손주들까지 함께 다닌다. 분가한 아들들에게 이날만은 꼭 지키라고 당부한다. 이제 현충원은 가족 모임의 장소가 되었다. 아들 며느리들에게 그곳은 효도의 근본을 몸소 실천하게 하는 곳이요, 손주들에게는 어른들의 참배하는 모습을 보이면서 나라 사랑과 부모 사랑을 체험시키는 곳임을 상기시킨다. 핵가족 시대에 사는 우리에게 자연히 가족 간의 우애를 다지는 장소가 되는 것이다. 그러니 그곳은 우리 가족의 대를 잇는 교육장소이기도 한 셈이다.

그동안 묘역의 풍경도 많이 바뀌었다. 내가 처음 참배할 때만해도 중년을 갓 지난 부인들이 자녀와 함께 참배하거나, 전사자의 부모인 듯한 노인들의 모습을 많이 볼 수 있었다. 장모님도 우리와 함께 참배하셨으며, 이웃에 사는 같은 처지의 부인과 묘정에서 만나 서로를 위로할 때면 눈시울이 붉어지기도 했었다. 그러나 이제 장모님도 장인과 함께 계신다. 당시 엄마 손을 잡고 참배하던 유 · 자녀들은 벌써 노령이 되었다. 묘역을 찾는 유가족들도 드문드문하지만, 애틋하게 슬퍼하는 모습도 보이지 않는다. 국가를 위해 장렬히 목숨을 바친 영혼들의 묘비만이 전쟁의 아픈 흔적들로 보존되고 있다.

참배를 마치고 돌아올 때면 고인이 된 대통령들의 묘소, 애국지사 묘역, 멀리 아웅산 국립묘지에서 북한의 테러로 무참히 산화한 열일곱 분의 '순국사절' 묘역 등을 참배하기도 한다. 어린 손주들에게 간단한 사연들을 들려 준 후 함께 묵념을 한다.

금년에는 월남전 당시 명성을 떨쳤던 '주월사령관' 묘소를 찾고 싶었다. 그는 삼성장군이었다. 유언에 따라 장군묘역을 마다하고 병사들 묘역에 함께 안장되었다. 우리 일행은 경찰 묘역에서 내려오다가 '월남전 전사자 묘역'의 맨 아래 길가에서 그의 묘를 쉽게 발견하였다. 사병들의 묘와 같은 모양, 같은 크기로 조성되어 있었다. 다른 점이 있다면 비석 앞에 사방 오십여 센티미터 남짓한

동판 와비(臥碑)를 설치한 점이랄까. 거기에는 삼성장군 군모를 쓴 장군의 얼굴이 부조(浮彫)되었고, "그대들 여기에 있기에 조국이 있다."는 비문이 선명하였다. 가슴이 찡하였다.

후세 사가들이 우리나라가 월남전에 파병한 것을 어떻게 기록할지는 알 수가 없다. 당시에는 6·25전쟁 때 미국이 파병하여 우리를 도왔으니 우리도 미국을 도와야 한다는 명분을 내세웠다. 그러나 속내는 턱없이 부족한 경제개발 자금을 마련하기 위한 파병이라는 것이 중론이었다. 실제로 파월장병 대부분이 지원병이었으니 개인에게는 가난을 벗어나기 위하여, 국가적으로는 턱없이 부족한 외화를 벌기 위한 파병이었음을 역사도 외면할 수 없을 것이다.

국가의 절박한 요구를 한 몸에 지녔던 주월사령관. 그는 많은 전투에서 승리를 거두고 빛나는 전공을 세웠다. 군수품과 무기를 반입하여 우리 군의 전력 증강에 기여하였고, 전쟁에서 얻어지는 부수적 이익을 국가에 돌림으로써 국가 안보와 경제발전에 크게 기여하였다. 당시에는 국민적인 영웅으로까지 추앙받았다. 전역한 후에는 많은 정치적 유혹을 뿌리쳤으며, 더욱이 개인적으로 치부하였다는 이야기는 들은 적이 없다. 투철한 국가관으로 오직 군인의 길을 걸었던 분이다.

특히 최근에 수학여행을 가던 꽃봉오리 같은 학생들을 비롯한 삼백여 명을 진도 앞바다 맹골 수로에 수장시킨 '세월호 사건'으로 온 나라가 비통에 잠겨 있다. 우리나라에 잠재한 총체적 부실이요, 관료들이 퇴직 후에 관련 기업에 몸 담고 각종 특혜를 주고받는 소위 '관피아'를 비롯하여 그동안 쌓인 적폐가 근본 원인이란 견해가 지배적이다. 국가개조론까지 대두되는 참담한 현실이다.

이러한 폐단들이 알게 모르게 쌓여가는 환경 속에서도 오직 올곧은 국가관과 군인 정신, 부하들을 사랑하는 박애 정신, 자기 공을 부하들에게 돌리는 겸양 정신 등을 몸소 실천한 참 군인. 불과 2~3호 크기에 새겨진 삼성장군 상(像)은 세계의 어떠한 기념비나 동상보다도 더 크고 위대해 보인다. 생전의 영화와 사후의 특권도 다 내려놓고 오직 참군인의 길을 걸은 아름다운 영혼. 그의 묘소 앞에서 머리 숙이며 가슴 뭉클함을 느끼지 않을 수 없다.

장군이 병들과 함께 잠들고 있는 곳에서 파란 희망의 싹이 돋아나는 듯하다. 나라를 위해 목숨을 바친 수많은 영혼들. '그대들이 여기 있기에 조국이 있다'고 마음에 새기며 발길을 돌렸다.

(2014.)

글씨 쓰는 즐거움

젊었을 때 근무했던 기관의 소식지 편집자로부터 '글씨 쓰는 즐거움'을 써달라는 부탁을 받았다. 그 즐거움을 딱히 무어라 표현하기란 쉽지 않다. 그저 스치는 생각은 어느 음료수 광고 카피를 떠올렸다. "즐겁긴 즐거운데, 글씨 쓰기가 정말 좋은데, 어떻게 표현할 방법은 없고…."

어릴 때부터 붓을 잡았다. 그 당시의 글씨라야 정한 법이 없고 그저 배운 글과 일기 쓰기, 한문 글짓기도 하면서 그것들을 붓으로 쓰는 것이었다. 필순을 적당히 쓰거나 글자 획 하나 하나를 똑바로 쓰지 않으면 훈장님께 꽤나 엄한 꾸지람을 들었던 기억이 생생하다.

학교에 입학하고부터는 붓글씨를 쓸 기회가 없었다. 한문은 고루한 학문이고 사회생활을 하는데 별 도움이 되지 않는다는 어리석은 생각이 들었다. 그것이 당시의 사회풍조이기도 했다. 문방

사우(文房四友)는 자연히 멀어지게 되었고 사십여 년 동안 붓을 놓고 지냈다. 언제부터인가 붓글씨에 대한 미련이 되살아났다. 그러던 차에 이십여 년 전, 중국 상해에서 사업을 하게 되었다. 중국에 가니 모든 간판이 한자이고 간판마다 당대의 명필들의 필적이 꿈틀거렸다. 서예에 대한 관심이 높아지는 계기가 되었다.

중국에 있는 동안, 유명한 서예가와 중국화가 등 예술인들과 교류를 넓혀나갔다. 한편으로는 중국의 서법예술(書法藝術)을 숭상하는 풍조에 동화되어 갔다. 고대 명필들의 유품과 금석문의 탁본들을 쉽게 접하면서 가슴 깊숙이 묻혀있던 서예에 대한 꿈과 미련이 꿈틀거렸다.

그 당시 중국은 주 오일 근무제를 실시하는 터라 주말에는 사무실에서 서예 선생을 모시고 개인지도를 받았다. 귀국 후에는 예술의전당 서예관에서 훌륭한 선생을 만나서 글씨를 익혔다.

글씨는 왜 쓰는 것일까? 쓰면 왜 즐거운가? 웃고 들어가서 울고 나오는 것이 글씨라고 생각한다. 쓰고 또 써도 만족한 글씨가 나오기 어렵다. 논어 학이편 첫 장에 "배우고 익히니 기쁘지 아니한가"라는 말이 있다. 모든 학문이나 예술이 그러하지만, 붓글씨도 배우고 끊임없이 익히는 과정이 즐거운 것이다. 잘 안 되니 또 쓰는 것이고, 쓰고 또 쓰니 즐거운 것이다. 이것이 학문이요 예술이 지향하는 바가 아닐까. 쓰고 또 쓰다가 어느 순간 그럴듯한 획 하나라도 나오면 그 즐거움은 희열로 바뀌는 것이다. 이것이 붓글씨를 쓰면서 희열을 맛보는 순간이다.

옛 사람들의 서도 연마과정을 보면 전율을 느낄 정도이다. 조선의 명필이었던 한석봉의 글씨 연마와 그 어머님의 떡 썰기는 잘 알려진 일화이지만, 또 한 분 명필이신 추사 김정희 선생도 제주에 귀향을 가신 이후에 거기서 갈고 닦아서 불후의 필적을 남겼다. 그 결과 당시 청나라의 명필들도 감탄한 추사체를 완성하였다. 피나는 노력 없이 이루어지는 예술이 어디 있겠는가.

중국 고사에 '마철저(磨鐵杵)'라는 말이 내려온다. 어느 서생이 산중에 들어가서 글씨를 연마하고 이만하면 하산해도 될 것이라는 자만심을 가지고 내려오는 중이었다. 길가에서 쇠 절구공이를 열심히 갈고 있는 노인을 만났다. 연유를 물은즉 공이를 갈아서 바늘을 만들려고 한다는 대답을 들었다. 그 서생은 두말없이 산으로 다시 들어가서 글씨를 연마하였다는 이야기다. 그 서생이 서성(書聖) 칭호를 듣는 왕희지라는 이야기도 있다.

모든 예술이 그러하듯 글씨 쓰기 또한 단시간에 되는 것이 아니다. 추사 선생은, 먹을 갈아서 벼루가 열 개는 구멍이 나야 하고 붓이 천 자루는 닳아서 몽당붓이 되어야 비로소 글씨다운 글씨가 나온다는 말을 남겼다. 글씨가 예술의 반열에 오르기 위해서는 이렇게 피나는 노력이 필요한 것이다.

내 글씨는 보잘 것이 없다. 어려서부터 썼다고는 하지만 그것은 단지 글자를 쓰는 것이었고 서법(書法)에 맞는 글씨는 아니었다.

그나마 붓을 놓은 지 사십여 년이 지나서야 다시 붓을 잡았으니 이런 연마로 무슨 글씨를 잘 쓸 수 있겠는가. 그러나 글씨 쓰는 것은 즐겁다. 잘 쓴 글씨를 보면 샘이 나고 온 몸에 소름이 돋아난다. 그래서 틈만 나면 옛 명필들의 법첩(法帖)을 펼쳐놓고 임서(臨書)를 한다.

십여 년 넘게 노인들을 상대로 글씨 지도를 하고 있다. 내가 글씨를 잘 써서가 아니라 함께 공부하면서 연마하는 것이다. 많은 노인들은 무료한 시간을 메우기 위해 내 강의에 나오지만 개중에는 열심히 쓰는 어른도 많은데 그들을 대할 때면 책임도 무겁다. 한 획 한 획을 소홀히 할 수가 없다. 이러한 봉사도 글씨 쓰는 즐거움의 하나이다.

'무엇을 하기에는 지금이 적기(適期)'라는 말이 있다. 누구나 지금부터라도 정진한다면 정신건강에도 좋고 기쁨을 누릴 수 있는 것이 서예술이라고 생각한다.

"배우고 익히면 기쁘지 아니한가. 벗이 멀리서 찾아오면 즐겁지 아니한가. 남이 나를 알아주지 않더라도 불평하지 않으면 이 또한 군자가 아니겠는가."

공자님께서 남기신 명언이다.

서예는 익히고 또 익히는 것만으로도 즐거운 것이다. 육신은 늙어가지만 글씨는 날로 새로워지는 듯하니 이보다 더 즐거운 일이 어디에 있겠는가. (2015.)

永和九年歲在癸丑暮春之初會于會稽山陰之蘭亭脩稧事也羣賢畢至少長咸
集此地有崇山峻領茂林脩竹又有清流激湍暎帶左右引以為流觴曲水列坐其次
雖無絲竹管絃之盛一觴一詠亦足以暢敘幽情是日也天朗氣清惠風和暢仰觀宇宙
之大俯察品類之盛所以遊目騁懷足以極視聽之娛信可樂也夫人之相與俯仰一世或
取諸懷抱悟言一室之內或因寄所託放浪形骸之外雖趣舍萬殊靜躁不同當其欣
於所遇暫得於己快然自足不知老之將至及其所之既惓情隨事遷感慨係之矣向之
所欣俛仰之間以為陳迹猶不能不以之興懷況脩短隨化終期於盡古人云死生亦大矣
豈不痛哉每攬昔人興感之由若合一契未嘗不臨文嗟悼不能喻之於懷固知一死生為
虛誕齊彭殤為妄作後之視今亦由今之視昔悲夫故列敘時人錄其所述雖世殊事異
所以興懷其致一也後之攬者亦將有感於斯文

此王羲之蘭亭敘丙申年初秋 [illegible]郡 安果濬

중국 동진시대의 왕희지(王羲之)가 최고의 명필이라는 데는 거의 이견이 없는 것 같다. 중국인들은 왕희지를 서성(書聖)으로 추앙한다. 그의 필적 중에서도 난정서(蘭亭敍)를 걸작으로 삼는다.

난정서의 진본은 당나라 태종과 함께 순장(殉葬)되었다지만, 당대(唐代) 명필들의 임모본(臨摹本)이 지금까지 내려온다. 그 중에도 서예인들은 신용본(神龍本)을 애호하는 편이다. 서예 공부를 하면서 이 신용본을 주로 임서하지만 비슷하게도 그려낼 수가 없다. 서예가 어디 짧은 시간에 이룰 수 있는 예술인가.

그래도 서예가 좋아서 왕희지의 난정서를 쓰고 또 쓴다.

복 받겠수다

봄바람이 코끝을 간질이며 지나간다. 외출에서 돌아와 아파트 현관 앞에 이르자, 목련꽃 봉오리들이 일제히 허리를 굽히며 주억주억 인사를 한다. 황홀한 그 모습 앞에 나는 한참 동안이나 넋을 놓고 서 있었다. 올해의 꽃샘추위는 유난스러웠다. 꽃들이 봉오리를 내밀만 하면 한파가 닥쳐서 오그라들게 하였다. 그래도 계절의 순환은 거역할 수 없는 듯, 따뜻한 햇살이 며칠 동안 이어지더니 꽃봉오리들이 힘차게 밀치고 올라왔다. 그러한 힘은 어디에서 솟아나는 것인지 자연은 참으로 경이롭다.

목련은 이맘때면 언제나 피는 꽃이다. 그러나 올해는 목련이 피기까지 세심한 주의를 기울이며 기다렸다. 대한(大寒) 추위 이후 외출에서 돌아올 때면 목련나무 앞에 서서 꽃봉오리들이 조금씩 변화하는 모습을 살펴보곤 하였다.

지난겨울 쓰레기 분리수거 날이었다. 그날은 바람까지 세차게 불어 몹시 추운 아침이었다. 분리수거 작업을 마치고 막 들어오는데, 평소 목례 정도 하고 지내던 위층의 젊은 부인이 현관 앞 목련나무 아래에서 장대를 휘두르고 있었다. 나무 꼭대기의 검은 물체는 떨어지지 않으려는 듯 대롱대롱 매달려 버티고 있었다. 그 모습을 그냥 지나칠 수가 없어서 나도 장대를 받아 시도해 보았지만 끝만 이리저리 휘어질 뿐, 비닐봉지는 요지부동이었다. 장대는 부인이 집에서 쓰던 청소 걸레자루에 분리수거장에서 주워온 알루미늄 막대를 이어서 만들었다고 했다. 나는 주위에 있던 플라스틱 통을 엎어놓고 올라서서 휘둘러보았지만 그마저 허사였다. 결국 분리수거장에서 일하던 경비원이 높은 의자를 가져와서야 비닐봉지를 내렸다.

봉지 안에는 쓰레기가 가득하였는데, 묵직한 검은 봉지가 떨어지면서 목련 가지들을 툭툭 건드릴 때마다 솜털 강보(襁褓)에 싸인 어린 봉오리들이 파르르 떨고 있었다. 그 부인은 미소를 띠며 고맙다고 인사를 하였다. 무엇이 고마운가. 우리 모두가 할 일이요, 오히려 그것을 발견하고 떼어내려고 노력한 그 부인에게 감사할 일이지.

나는 돌아서면서 몇 년 전 금강산에서 있었던 일이 떠올랐다. 우리 일행이 귀면암을 지나 천선대를 향해 가파른 철 계단을 오를 때였다. 거의 오를 무렵, 누군가가 계단 틈에 끼어놓고 간 까만 쓰레기 봉지가 보였다. 순간 가져 갈까말까 망설였다. 그러나 지나칠 수 없어서 그 봉지를 집어 들고 천선대에 오르니 시원한 바람이 땀을 식혀 주었다. 그때 북한의 젊은 환경지킴이가 다가왔다. 나는 무슨 잘못이라도 저질렀나 하고 움칠했다. 그러나 그는 따뜻한 미소를 지으며 "선생은 남쪽에 가시면 복 받겠수다." 하고 정겹게 말을 건네는 것이 아닌가. 비록 귀에 설은 북한 사투리였지만, 북한 땅을 밟은 후 처음 들어보는 따뜻한 말이었다. 따뜻한 가슴은 인류가 공통으로 가진 값진 보배라 느껴졌다. 그 청년의 말이 오랫동안 내 기억 속에 남아 있다.

사실, 쓰레기와 나는 많은 사연이 있다. 새마을운동이 한창이던 시절, 점심시간이면 직장 동료들과 함께 소공동 거리에 버려진 쓰레기와 담배꽁초를 줍고, 아스팔트에 붙은 껌과 가래침 등을 긁으며 다녔다. 그때 아는 사람은 왜 그렇게 자주 만나는지. 때로는 창피해서 고개를 돌린 적도 한두 번이 아니었다. 주말에는 우이동 계곡을 오르내리면서 등산객과 행락객들이 함부로 버린 쓰레기를 치웠다. 쓰레기를 줍는 것이 거의 습관이 되면서 내가 하는 일이 오히려 당당해져 갔다. 아는 친구를 만나도 자랑스러웠다.

젊은 시절의 이런 일들은 나에게 쓰레기에 대한 깊은 인식을 심어주었다. 지금도 버려진 쓰레기를 보면 그대로 지나칠 수가 없다. 등산을 할 때면 쓰레기 담을 비닐봉지를 배낭 한 옆에 차고 집을 나선다. 전철 승강장 의자에 혹 누가 쓰레기를 놓으면 그것을 주위에 있는 쓰레기통을 찾아 버리고 치우고 전철에 올라야 마음이 편하다.

삭풍이 몰아치는 겨울 동안 갖은 인고를 겪고 피어난 목련꽃들. 그들로부터 감사의 인사를 받았으니 이보다 더한 기쁨과 행복감이 또 어디 있겠는가. 추운 겨울 목련나무 끝에 매달린 까만 봉지를 보고 장대를 만들어 휘둘렀던 젊은 부인의 모습과 북한의 금강산 지킴이 청년이 건넸던 따뜻한 인사말이 겹쳐지면서 가슴이 더욱 훈훈하다. 이 기쁨을 그들과 함께 나누고 싶다.

몸은 비록 깡말랐으나 눈빛만은 형형(炯炯)했던 북한 청년은 어디서 무엇을 하고 있을까. 그도 행복했으면 좋겠다.

(2015.)

임의 마지막 유묵(遺墨)

"아리가도 고자이 마시다~~~."

중국의 뤼순 감옥이 쩡쩡 울리도록 안중근 의사에게 경의를 표하는 일본군 헌병 지바 도시치(天葉十七)의 외침이 가슴을 서늘하게 한다. 지바는 의사를 형장으로 인계하기 위해 감방 문을 열었다. 하얀 두루마기 차림으로 당당하게 걸어 나오는 의사를 두 명의 간수에게 인계한 후, 뒤에서 거수경례로 최후의 예를 표한다. 의사 일행이 멀어지자 감방 안의 빈자리를 시름없이 바라보던 지바는 글씨 한 점을 발견하고 전율하듯 소리친다.

"아리가도~~~."

이 영상은 의사가 순국한 지 백삼 년이 지난 2013 년, 일본의 아사이 TV가 제작하여 방영한 〈안의사일대기〉 중, 의사 순국의 마지막 장면이다. 지금도 틈만 나면 이토히로부미[伊藤博文]를 처단한 '살인자'라고 비하하는 일본에서 유수한 TV가 왜 이런 영상물을 제작하여 전국에 방영하였을까. 거기에 출연한 인사들은 안 의사를 사형시키지 말았어야 할 인물이었다고 결론을 맺는다. 무엇이 일본 안에서 그를 그렇게 추모하게 만드는 것일까. 거시적 시각으로 보면 위대한 영웅이란 피아(被我)가 없다. 그 사람의 행적이 영웅적이었기에 영웅으로 추앙되고 있는 것이다. 이 영상물을 보면서 일본인들의 내면에 흐르는 생각을 느낄 수 있었다.

이 영상물을 접한 다음 날, 남산에 있는 '안중근의사기념관'을 다시 찾았다. 그곳에는 의사의 생애와 거사 동기, 거사 장면, 재판 과정, 옥중 생활, 순국하는 순간까지의 기록물과 영상 자료 등이 정연하게 전시되어 있다. 의사는 사형 언도에서부터 집행까지 불과 사십여 일 동안에 200여 점의 유묵을 남겼다고 한다. 그 중 알려진 것이 62 점이며, 26 점은 우리나라의 보물로 지정되었다.

의사의 옥중 생활은, 이토를 처단한 의사이기 이전에 평화주의자였으며 근대적 사고를 지닌 민족의 지성인이었음을 고스란히 보여준다. 옥중에서 그를 접한 일본 관계자들은 거의가 그의 지성과 철학, 애국심과 독립정신, 투철한 군인정신, 강철 같은 신념 등에 매료되고 감화되었다.

옥중의 유묵들은 하나같이 의사의 탁월한 인격을 함축한 것들이다. 모두가 귀중한 유산이지만, 그중에서도 백미는 지바에게 남긴 최후의 유묵이다.

'위국헌신군인본분(爲國獻身軍人本分)'! 이 글씨는 의사가 형 집행 사실을 통보받고 그를 감시했던 일본군 헌병 지바에게 써준 것이다. 내용도 간결하고 명쾌하지만, 평소 글씨를 연마하는 나로서는 서체를 접하는 순간 온몸에 소름이 돋아나는 느낌이었다. 목숨이 경각인데 어떻게 이런 글씨를 쓸 수 있을까. 필획(筆劃) 하나하나에 추호의 흐트러짐이 없다. 애국의 힘이었을까, 영웅이기에 가능했을까, 범인으로서는 무어라 할 말을 잊는다.

순국 직전, 짧은 옥중 생활의 모든 것을 감시해 온 적병을 보듬고 당신 거사의 당위성을 당당히 드러낸 명구(名句)- "나는 대한국의 군 참모중장 자격으로 조국의 독립과 동양평화를 위하여 거사한 것이요, 그대는 일본의 군인으로서 본분을 다한 것이니 이것이 참 군인의 정신이다." 협서(夾書)에는 '안중근 배(安重根 拜)'라고, 적병에게 경의까지 표하고 단지(斷指)한 왼손바닥으로 낙관(落款)을 대신했다.

이 글씨는 의사의 정신을 명쾌하게 대변하면서, 의사의 내면이 잘 응축되어 있다. 골기(骨氣)는 당나라 명필, 안진경 서체를 능가하며 갈고리와 파임에 이르러서는 의사의 강인한 정신과 신념이 번뜩인다. 숭고한 박애정신이 숨어 있으며 영원불멸의 군인 정신이 각인되어 있다. 군인이 가져야 할 본분을 이보다 더 명쾌하고 진솔하게 표현한 글이 또 있을까 싶다.

무릇 글씨란, 추사의 예서(隸書)처럼 운필이나 결구 등이 탁월하여 명필 반열에 오를 수도 있으며, 동진(東晋) 왕희지의 난정서

(蘭亭敍)와 같이 글쓴이의 감성이 최고조에 이르렀을 때 일필휘지(一筆揮之)함으로써 천추의 명필로 추앙 받기도 한다. 그러나 안중근 의사가 남긴 이 최후의 유묵은 글쓴이의 숭고한 정신이 오롯이 깃들어 있을 뿐 아니라, 정연한 필획에 골기까지 갖추어져 있으니 가히 명필을 뛰어넘는 명작이라 할 수 있다.

일본군 헌병 지바는 이 글씨를 본국에 가지고 가서 의사의 영정과 함께 집에 모시고, 일생 동안 고인을 흠모하는 기도를 드렸다고 한다. 그의 사후에는 부인과 양녀가 고이 모시다가 구리고마의 다이린지[大林寺]를 거쳐 한국의 품으로 돌아왔다. 지금은 안중근 의사기념관에 소장되어 있다.

우여곡절 끝에 우리나라의 품에 안긴 이 유묵. 우리는 순국 후 뤼순 감옥 근처의 공원에 매장되었다는 의사의 시신조차 찾아 모시지 못했지만, 돌아온 이 유묵은 의사의 유해 못지않은 그의 분신이다. 그가 노심초사했던 〈동양평화론〉은 탈고조차 못하고 산 자들에게 하나의 유언으로 남겨졌다. 우리 후세가 힘써 실천할 과제다. 서른두 살의 꽃다운 나이에 순국한 진정한 영웅은 영원히 우리 마음속에 살아계신다.

이 유묵 앞에 서면 의사를 뵙는 듯 숙연하다.

(2014.)

어깨를 펴고 걷자

평일 오전인데도 전철 승강장은 줄지어 기다리는 사람들로 발 디딜 틈이 없다. 전동차가 들어오자 승객들이 내리기가 무섭게 차 안으로 밀려 들어간다. 순식간에 만석이 되었고 자리를 못 잡은 승객들은 다시 내려 다음 들어오는 차를 기다린다. 금년에 개통된 경춘선 전철의 시발역 풍경이다. 대체 이들은 아침부터 무슨 일로 어디를 가는 것일까. 그들의 표정은 하나같이 밝게 보인다.

설악에서 시작한 단풍이 북한강 변을 물들일 무렵 나는 대학 동창을 만나기 위해 경춘선 전철을 탔다. 어림잡아 반 이상이 노인들이었다. 서울을 벗어나자 전철 안은 더욱 술렁거렸다. 모처럼 도시를 벗어나 맑은 가을 하늘 아래 유유히 흐르는 짙푸른 강물과 양안에 어우러진 천자만홍의 단풍을 보는 즐거움에 승객들의 말소리가 커져만 갔다. 그 중에는 아름다운 풍광에 대한 탄성도 있었지만, 종착역에 내리면 차들이 줄지어 기다리고 있다느니 어느 식당이 좋고 어디로 가야 볼거리가 많다는 등 온통 소풍 나온 아이들 같은 이야기뿐이다.

65세 이상의 노인들에게 전철을 무료로 탑승할 수 있는 우대카드가 발급되면서 전철이 이들의 소일거리가 되어가고 있다. 그 노선이 관광지라면 더없이 좋은 놀이터가 되는 것이다. 온양이나 춘천 등지로 가는 노선은 하루를 즐기는 노인들로 언제나 붐빈다. 그곳의 상인들과 음식점들에게도 노인들은 좋은 고객이 되어가고 있다.

노인들의 전철 이용이 늘어나자 전철 우대권으로 대단한 혜택이라도 준 것처럼 생색을 낸다. 걸핏하면 기준 연령을 상향해야 한다느니 요금을 조금이라도 받아야 스스로 자제하여 전철 이용을 줄일 것이라느니 으름장을 놓는다. 나아가 이 제도가 전철 운영의 적자를 가져오고, 노인들 때문에 젊은이들의 앉을 자리가 없어진다는 등의 소리가 들릴 때면 참으로 마음이 씁쓸하다. 노인복지는 이제 시작에 불과하다. 이만한 정부의 배려에 노인들도 흡족하게 사용하고 있으니 성공한 제도이건만 이런 좋은 정책을 흔드는 자들이 있으니 어이가 없다.

그러나 언제부터인가 '지공노(地空老)'라는 조어(造語)가 생겼다. '지하철을 공짜로 타는 노인들'을 줄인 말이다. 이 말은 노인들에 대한 존경심을 더욱 허무는 것 같아 안타깝다. 노인들이 "나 지공노야." 하면 "나 이제 사회적으로 별 볼일 없는 사람이야."라는 자조적인 말로 들리고, 젊은이들이 사용하면 노인들을 비하하는 말로 들리지 않는가.

이들이 정말 보잘 것 없는 지공노인가? 이들이야말로 오늘의 우리나라를 이끌어 세운 역군들이다. 독일의 광부와 간호사로, 월남전의 참전 용사로, 중동의 건설 역군으로, 오대양을 누비는 원양 선원 등으로 모진 고난을 감내하면서 외화를 벌어들였다. 그 외화는 고속도로, 댐, 항만, 발전소, 제철소 등을 건설한 종자돈이 되어 경제 발전의 초석이 되었다. 국내의 산업 현장에서도 밤을 새워가면서, 지금의 젊은이들이 상상조차 할 수 없는 강도 높은 노동을 당연한 일로 알고, 몸을 아끼지 않았다. 이들만큼 열심히 일한 세대가 우리나라 역사상 또 있는가. 오늘의 경제 강국, 스포츠 강국, 한류 등은 그냥 얻어진 것이 아니라 이들의 땀과 노력이 이루어낸 하나의 기적이다.

그런 이들이 이제는 늙고 할 일이 없어졌을 뿐이다. 때로는 외로움에 지치고 몸도 아프다. 핵가족이 일반화되면서 가족들의 존경심도 예전과 같지 않고 이웃이나 사회가 보는 눈도 싸늘해져만 간다. 집안에서조차 눈치를 보면서 사는 처지가 되었다. 그러니 아침을 먹으면 보이지 않는 손에 이끌려 집을 나선다. 노인정이나 공원 등에서 소일하거나 일부는 전철을 타고 오가면서 하루를 보낸다. 옛 친구들을 불러 모으기도 하고 마땅한 친구가 없으면 이웃 노인들과 함께 어디론가 떠나는 것이다. 전철을 타면 말동무가 생겨서 좋고 어릴 때 뛰어놀던 고향의 목가적인 풍경도 볼 수 있다. 더러는 지방의 별미도 맛보고 온천욕도 즐기고 돌아올 수 있으니 얼마나 즐거운 하루이겠는가.

'세월을 거듭하는 것만으로 사람은 늙지 않는다.'는 사무엘 울만의 시구가 생각난다. 그러니 노인들은 주눅 들지 말고 당당해야 한다. 그리고 유연해야 한다. 어제의 시선으로 오늘을 바라보지 말고, 변화하는 사조에 적응하는 것도 이들의 몫이다. 전철 안에서도 어른다움을 간직하자. 큰 소리로 대화도 하지 말고, 전화 통화도 되도록 짧게 하면서, 젊은이들 좌석 앞에 서서 자리를 양보하라는 무언의 부담을 주는 일도 삼가면 어떨까. 부강한 오늘을 물려준 용사다운 풍모가 아쉽다.

부질없는 상념을 하다 보니 어느새 종착역이다. 맑은 가을 하늘 아래 호반(湖畔)에서 불어오는 상큼한 바람이 옷깃을 스치며 지나간다. 빛깔 고운 목도리를 멋지게 목에 두르고 어깨를 펴고 걷는다. 오늘따라 바람이 더욱 싱그럽다.

(2012.)

동방예의지국

일요일 오후 북한산 자락에 있는 냉면집을 찾았다. 이 집은 앞으로는 북한산의 주봉이 손에 잡힐 듯 보이고 뒤로는 창릉천의 상류가 흐르는 풍광이 아름다운 곳에 자리 잡고 있다. 오랫동안 구파발 근처에서 평양냉면으로 소문난 집인데 개발에 밀려 이곳으로 이사를 했다. 손님들이 끊임없이 밀려드는 것을 보면 오히려 전화위복이 된 듯하다. 주말 오후 늦은 시간인데도 식당 안은 만원이다. 우리 부부는 홀 안쪽의 한 무리 노인들이 앉은 앞에 자리를 잡았다.

노인들은 아마도 학교 동창이거나 젊었을 때부터 친분을 쌓은 친구들 사이인 듯 격의가 없었고, 술도 거나해 보였다. 떠들어대는 소리에 귀가 따가울 지경이다. 이야기의 주제는 아주 간단했다. 앞에 보이는 산봉우리를 놓고 갑론을박이다. "왼편으로 보이는 것이 백운대이고 그 옆이 만경대야." 하고 한 노인이 주장하면 어김없이 다른 노인이 반론을 제기한다. "아닐세, 왼쪽이 인수봉이고 그 바른쪽이 백운대이고 만경대는 백운대에 가려서 안보이네." 등 끝도 없는 논쟁이다. 식탁에는 벌써 빈 소주병이 여러 개 놓여 있다. 목소리는 점점 커지고 주위의 손님들은 안중에도 없다.

우리는 마침 빈 자리가 생겨 그 무리와 떨어진 곳으로 옮겼다. 옮긴 자리 옆에도 노인 등산객 네 명이 벌써 막걸리 몇 병을 비우고 있었다. 그들은 다음 주 등산할 곳을 정하느라 시끌벅적하다. 식당에 가득 찬 손님 중 떠드는 것은 노인들뿐이다. 마음이 편치가 않았다.

며칠 전 '세계인은 일본이 좋다고 한다.'는 신문 칼럼을 읽은 기억이 새롭게 떠올랐다. 그 내용을 요약하면, 요즘 일본 정치인들의 파렴치한 과거사 부정으로 일본의 입지가 어려워졌을 것이라 생각하지만 실은 그렇지 않다는 것이다. 영국의 공영방송이 해마다 대륙별 주요국가의 평판을 조사한다. 금년의 조사에서도 일본은 세계에서 네 번째로 평판이 좋은 나라로 발표되었다. 과거사를 부정하는 정치인이 아니었다면 더 상위였을 것이라는 것이다. 우리나라의 평판은 어떨까. 조사대상 17개국 중 열두 번째라는 것이다. 국제사회는 우리나라를 긍정적으로 보는 것보다는 부정적으로 보는 면이 강하다는 것이다.

물론 우리나라는 남과 북이 첨예하게 대치하는 나라요, 그들이 보기에는 신흥개발도상국으로서 여러 가지가 국제적인 저울에 달기에는 기우는 점이 많으리라. 하지만 우리로서는 받아들이기 쉽지 않은 씁쓸한 조사 결과이다. 이러니 일본의 극우 정치인들이나 일부 국민들은 우리나라는 안중에도 없고 우리를 얕잡아 보는 것이다. 우리는 태평양전쟁에서 패한 일본이 어떤 과정을 거쳐서 오늘날 세계인의 존경을 받는 국가가 되었는지를 살피고, 그들을 연구하고 따라 잡기 위해 노력하여야 할 것이다

우리가 경제성장만으로 그들을 앞설 수는 없다. 세계인들의 존경을 받을 수는 더욱 없다. 경제성장과 동시에 우리가 문화국민이 되어야 세계가 우리를 좋게 평가하고 일본도 우리를 대우하고 좋게 볼 것은 자명한 이치다. "우리가 더 나아진다는 것은 더 강해질 뿐 아니라 세계인들이 좋아하고 존경하는 나라가 되는 것이다."는 것이 그 칼럼이 제시하는 교훈이었다.

우리의 마음가짐에 따라 존경받는 국가가 되는 일이 결코 어려운 일이 아닐 것이다. 손쉽게 이룰 수 있는 부분을 찾아 열심히 갈고 닦아야 한다. 두말할 것도 없이 예의 · 신의 · 정직 · 준법 · 성실 · 단결 등에서 일본을 앞서는 국민이 되고 그러한 나라가 되는 것이다.

이런 나라가 되기 위해서는 노인들의 역할이 무엇보다 중요하다. 노인들은 어제의 산업 전사들로서 우리나라 경제를 황무지에서 세계 10대 국가로 키운 역군들이다.

이제 은퇴하여 산업 일선에서는 물러났지만, 그들에게는 우리나라를 도덕 국가로 키울 여력이 있고 능력도 있는 사람들이다. 과거의 산업전사로서의 자부심만으로는 사회의 존경을 받을 수 없다. 사회 구성원으로서의 위치도 급속도로 밀려날 뿐이다.

문화와 도덕이 어우러지는 국가로 키우기 위해서 노인들이 해야 할 일이 무엇인가를 스스로 찾아서 공헌해야 한다. 우리나라를 동방예의지국으로 다시 세우는 일, 그것은 결코 어려운 일이 아니며 노인들이 능히 솔선수범할 수 있는 일들이다. 예의 · 공중도덕 · 준법 · 신의 등은 마음만 먹으면 쉽게 할 수 있는 일들이다. 노인들이 너도나도 이러한 도덕적인 규범에 솔선할 때 가정의 권위가 설 뿐 아니라 사회 전체를 밝게 하는 청량제가 될 것이다. 이러한 것은 마음먹기에 따라 충분히 이룰 수 있는 일이다. 비용이 수반되는 것은 더더욱 아니다.

우리나라의 경제적 부흥을 일으킨 산업 전사들이여, 그대들은 새로운 동방예의지국을 일으킨 또 하나의 역군으로 역사에 남고 싶지 않은가. 노병은 죽지 않고 서산을 벌겋게 물들이며 사라지는 아름다운 노을이고 싶다.

(2013.)

통일된 나라에서 살고 싶다

저녁노을을 받으며 속초항을 떠난 이탈리아 선적 코스타 빅토리아호가 러시아 블라디보스토크를 향해 북진을 계속한다. 목적지까지 예정시간이 아직 일곱 시간 이상이나 남았다. 항해 일정으로 보아 지금쯤 한반도 북쪽 끝과 중국, 러시아, 일본 등 네 나라를 멀리에 둔 공해를 지나고 있는 것 같다.

날이 밝았다. 바다도 조용하다.

12 층 전망이 좋은 곳에 올라 먼바다를 바라본다. 동쪽은 일본이요, 서쪽은 한반도와 중 · 러 국경이 거의 맞닿은 곳이리라. 끝없이 넓은 푸른 물결 위에 거대한 선박의 스크루가 만들어내는 하얀 물거품 꼬리가 수평선까지 뻗어 있다. 여기에 서니, 조국의 현실이 벅차게 몰려온다. 그것은 약소국의 설움이요 조국 분단의 아쉬움이다.

어찌하다 우리는 이런 강대국들 틈에서 '넛 크래커'에 낀 호도 신세를 면치 못하고 있는 것일까. 역사에 가정은 없다지만, 전성기의 고구려가 삼국을 통일하였다면, 지금의 중국 동북 삼성(三省) 대부분과 한반도가 우리의 영토였을 것이다. 그뿐이랴 고려를 멸망시키고 조선을 세운 태조가 위화도에서 말머리를 돌리지 않고 요동을 정벌만 하였어도 우리 땅의 북쪽 경계는 압록강과 두만강이 아닌 송화강 유역이 아니겠는가.

먼 역사를 탓해 무엇하랴. 조선의 영토였던 한반도도 지키지 못하고 반으로 갈라진 우리 민족이다. 비록 강대국들에 의해 분단되었다고는 하나, 70년 가까이 갈라진 건 남을 탓할 일만 아니다. 우리의 근대사는 가히 치욕적이다. 6·25라는 동족상잔의 전쟁을 일으켜서 수백만 사상자를 내고 1천만 가족을 갈라놓았다. 당시 지도자들의 야욕의 산물임을 부정할 수가 없다. 전쟁의 결과는 한반도를 초토화시키고 남과 북의 체제를 더욱 고착화시켰다. 한쪽은 극심한 경제난에 허덕이면서 소위 '고난의 행군' 때는 수백만 인민이 굶어죽는 참사를 빚기도 했다.

한때는 비핵화선언을 하며 핵 없는 평화를 이루어 보자고 기본합의도 했다. 그러나 합의라는 것이 무슨 소용인가. 한쪽이 일방적으로 파기하니 휴지조각이 되었다. 이제는 상호비방이 격화되고 가공할 핵무기까지 만들어내고 있다. 같은 민족을 핵의 공포 속에 몰아넣고 있는 것이다. 이 철옹성 같은 절벽을 어떻게 허물 것인가. 끝없이 넓은 공해를 바라보며 가슴을 열고 생각에 잠긴다.

세계의 역사는 끊임없이 변화하고 있다. 한 세기 전에는 몇몇 강대국들이 대포로 이웃나라를 침공하여 식민지를 만들었다. 자원과 부를 무자비하게 약탈하고 그들만을 배불리는 약육강식의 시대였다. 그러나 오늘날의 국제 환경은 대포보다 돈이 우선한다. 경제가 성장하고 무역이 늘고 문화가 융성하면 강대국이 되는 시대가 된 것이다. 거대한 부(富)의 흐름도 서구 열강에서 동으로 서서히 이동하고 있다. 우리 민족에게 다시 올 수 없는 통일의 기회다.

수많은 외세의 침략을 받으면서도 우리는 잡초보다 더 강인하게 일어선 민족이다. 중국의 끈질긴 '중화정책'에도 그 변방에서 굳건히 버티고 나라를 세웠다. 그 뿐인가 제2차 세계대전 후에 독립했거나 새로 생긴 국가들 중에서 남쪽만으로도 선진국 문턱에 이른 유일한 국가가 되었다. 무역고는 세계 10위권에 맴돌고 있다. 경제력은 세계 20위권에 올라섰다. 소위 '한류' 문화는 전 세계를 향해 힘차게 뻗어나가고 있다. 이러한 기회를 놓치지 않고 남과 북이 하나가 된다면 어떻게 될까.

과거 우리 민족에게 주어졌던 영토 확장의 기회는 먼 옛날에 소멸되었지만, 이제라도 통일 국가가 되면 영토개념을 능가하는 경제대국의 기반을 마련할 수 있다. 해양경제권에 진출해서 성공한 경험을 쌓은 우리 국력은 대륙경제권으로 뻗어나가며 두 날개를 달게 된다. 우리의 지리적 약점은 축복으로 바뀐다. 북쪽의 자원과 풍부한 노동력에 남쪽의 기술과 자본력이 융합하면 그 상승효과는 상상을 초월하는 에너지가 된다. 주변의 강대국들은 우리의 무한한 시장이 될 것이요, 그들의 넘쳐나는 자금은 다투어 우리 땅에 들어온다. 국운 상승에 가속도가 붙는다. 이렇게 경제대국이 되는 길이 열려 있다.

기회는 언제나 오는 것이 아니다. 오는 기회라고 누구나 잡는 것도 아니다. 몰라서 못 잡을 수도 있지만, 알고도 못 잡는 것이 기회의 양면성이다. 알면서도 못 잡는 것은 무능하거나 현실에 안주하려는 타성 때문이다. 국가의 앞날을 직시하고 대국을 설계하는 혜안이 어느 때보다 필요하다. 우리 앞에 바짝 다가선 역사의 호기를 또 놓칠 것인가.

멀리 수평선 위에 찬란한 태양이 떠오른다. 한반도의 통일이 오고 있는 달콤한 꿈을 꾸고 있다. 꿈이 이루어지는 그날이 오면 8천만 동포의 만세소리는 지구를 흔들 것이다. 휴전선에 배치되었던 대포들에서는 포탄 대신 일제히 축포의 불꽃을 하늘로 쏘아 올리리라.

솟아오르는 붉은 태양 아래 경제대국 한반도가 어른거린다. 통일된 부강한 나라에서 살고 싶다.

(2016.)

나도 행복했다

최근에 의미 있는 책 두 권을 읽었다. 백 세를 두 해 앞둔 노철학자의 ≪백년을 살아보니≫와 구십을 바라보는 천주교 추기경님이 펴내신 ≪질그릇의 노래≫다. 두 권 모두 격동의 시대를 살아온 자신들의 자전적 에세이다. 이 책들은 내게 큰 울림을 주었다. 읽는 동안 거의 같은 세대를 살아오면서 나는 과연 무엇을 했는가라는 생각을 지울 수 없었다.

겨우 여섯 살이 되던 어느 봄날, 아버님은 "저 애가 여덟 살이 되면 꼭 학교에 보내라."는 말씀을 어머님께 남기고 먼 길을 떠나셨다. 지금의 러시아 사할린이다. 여덟 살이 되어 초등학교에 입학했지만 몇 달 후에 일제로부터 해방이 되었다. 해방 소식을 듣고 어머니의 손을 잡고 십여 리나 떨어진 초등학교에 가서 태극기를 흔들면서 만세를 불렀다. 해방의 기쁨보다 아버지가 보고 싶어 목이 터져라 외쳤을 것이다.

일제의 강압으로 징용을 갔거나 노무자로 강제 동원되었다가 생존한 사람들은 다 돌아오는데 유독 사할린으로 간 사람들은 돌아오지 않았다. 그래도 간간히 편지 연락은 되었다지만 학교에 복학할 형편이 못되었다. 그러던 중에 한국전쟁이 일어나고 아버지와의 모든 영락은 두절되었다. '철의 장막'이 우리 가족을 완전히 갈라놓았다. 아버지와 우리 모자를 이어주던 실낱같은 끈마저 무참하게 끊어버렸다.

휴전이 된 후에야 어머니의 결심으로 다시 학교에 가게 되었다. 초등학교 4학년으로 편입하였지만 다른 아이들보다 3년이 늦었다. 나의 학교생활은 어머니의 극심한 고생의 시작이기도 했다. 지금도 어머니께 죄송스럽다.

중학교에 입학하니 교복을 입어야 했다. 어머니는 손수 짠 무명에 까만 물을 들여서 교복을 지어 주셨다. 나는 그 교복을 입고 벽에 서서 내 그림자를 보았다. 우리 동네에서는 하나밖에 없는 중학생이 되었으니 어깨가 으쓱해졌다. 중학교 1학년 겨울에는 읍내 중학교 맞은 편 언덕 위에 있는 허술한 집에 방 한 칸을 얻어서 자취를 했다. 방이 어찌나 추운지 자고 나면 잉크병이 꽁꽁 얼었다. 당시의 추위를 생각하면 지금도 온몸이 떨리는 듯하다.

명망이 있던 서울의 사립고등학교에 진학하면서 가정교사 생활이 시작되었다. 3학년 봄에 군대 소집영장이 나왔다. 교련선생을 찾아가서 의논했으나 선생의 답은 대학생은 연기가 되지만 고등학생은 연기할 길이 없다는 것이었다. 영장을 찢어버리고 군대 기피자가 되었다. 희망했던 대학 입학시험에 실패하고 후기 대학에 들어갔다. 일학년 겨울에 큰아버지가 돌아가셨다는 부고를 받고 귀향하여 상례를 치르고 나니 경찰 두 명이 찾아와서 대기하고 있었다. 그들에게 끌려가서 경찰서에서 하룻밤을 자고 논산훈련소에 입대했다.

훈련을 마치고 군 정보관련 부대에 배속되어 일선 파견대에 배속되었다. 거기에는 장교와 부사관 등이 대부분이고 병은 십여 명에 불과했다. 신임병은 나 혼자이니 궂은일은 모두 내 몫이었다. 일상적인 일은 그렇게 어렵지 않았지만, 일과가 끝나고 병들만 남으면 고참병들의 기합과 구타가 몸서리쳐졌다. 밤마다 이어지는 소위 '줄빠따'로 엄청난 매를 맞았다.

당시에는 학보병이라는 제도가 있어서 늦은 가을 학보를 신청하고 전방 부대로 전출되었다. 옛날 금강산을 왕래하던 길을 따라 최전방으로 들어갔다. 겨울철 추위는 영하 25도를 넘나들었다. 아침에 식당으로 갈 때 밥 식기를 맨 손으로 쥐면 금방 얼어붙어서 살점이 묻어나기 일쑤였다. 그것이 내 일생에 경험한 두 번째 추위였다. 이렇게 일 년 반의 군생활을 마쳤다.

대학을 졸업하고 취직문을 두드렸으나 바늘구멍보다 더 좁았다. 그래도 공채를 하는 곳을 찾아 시험을 보고 또 보았다. 필기시험에 합격하여도 면접에서 떨어졌다. 지금은 세계적인 기업이 된

S그룹의 필기시험에 합격하고 면접을 본 일화다. 당시 창업주는 관상 보는 사람을 옆방에 앉혀놓고 직접 면접을 본다는 소문이 있었다. 면접위원들의 면접을 보고 그 회장과 대면했다. 무슨 이야기가 오고 갔는지는 기억에 없지만 결과는 불합격이었다. 몹시 실망했다. 그 후 우리나라의 대표적인 경제 단체의 면접날이었다. 지칠 대로 지친 채 그 전날 저녁에 친구들과 많은 술을 마셨다. 친구 집에서 자고 면접 날 아침에 일어나니 전날 마신 술기운에 골이 몹시 아팠다. 약국에 들러서 드링크제 한 병을 마시고 면접에 임했다. 회장 면접을 보고 마지막으로 국제담당 이사가 "당신의 백그라운드가 무어냐?"고 영어로 물었다. 아마 엉터리로 대답했을 것이다. 낙담을 하고 나왔지만 발표 날 가보니 합격이었다. 그렇게 내 사회생활은 시작되었다.

다행히 경제 단체에 몸담게 되어, 우리나라 경제가 발전하는 모습을 가까이서 느꼈고 기업을 일으키기 위해서 열정적으로 일하는 많은 기업인들도 옆에서 보았다. 국가지도자의 열정도 가까운 거리에서 접했다. 그 후엔 화려하진 않았지만 비교적 순탄하게 오늘에 이르렀다.

내가 이 길을 걷는 동안, 국가와 사회는 급속도로 발전했다. 국가가 성장하는 큰 용트림 속에서 낙오되지 않고 살아온 것은, 그래도 주어진 환경을 슬기롭게 이겨낸 결과가 아닐까. 우리 세대가 타고 넘어온 파고는 질풍노도와 같았지만 불과 오십여 년 동안에 이룩한 경제적 성과는 아마도 오천 년 동안 이룩한 업적을 뛰어넘을 것이라고 생각한다.

춥고 거친 파고를 이겨내면서 여기까지 왔다. 뒤돌아보면 걸어온 길이 자랑스럽다. 그 길은 행복하고 보람도 있는 길이었다.

(2017.)

안과순의 수필 세계

효(孝)와 예(禮), 그리고 나라 사랑

— 안과순 수필집 ≪두고 온 나무≫를 읽고

이 정 림

≪에세이21≫ 발행인 겸 편집인·수필평론가

1.

자신이 살아온 삶의 흔적을 남에게 보인다는 것은 두려운 일이다. 긴 생을 살아오면서 자랑스러운 일만 있었겠는가. 감추고 싶은 일도 있고, 부끄러운 일도 있었을 것이다. 그러면서도 수필가들이 그 삶의 흔적을 애정으로 감싸 안는 것은 그것이 바로 부인할 수 없는 자기 자신이기 때문이다.

수필을 읽다 보면 그 사람이 보인다. 오늘의 그가 어떻게 만들어졌는지, 그의 인성·감성·역사관과 국가관은 어디에서 비롯되었는지를 알 수 있게 된다. 한강의 발원지가 태백의 검룡소이듯이 한 사람이 만들어진 뿌리는 반드시 있게 마련이다. 작가는 자신의 지난 세월을 담담하게 풀어 놓지만, 그 이야기의 물줄기를 더듬어 올라가보면 거기에는 존재의 근원지가 있다.

2.

아동의 성장기는 신체의 발달뿐만 아니라 정신적인 가치관이 생성되는 시기이다. 이 시기에 지근거리에 있는 사람으로부터 받는 영향력은 훗날 자신의 인격을 형성하는 데 큰 요인이 된다.

이 작가의 성장기에 가장 영향력을 미친 사람은 할아버지였다. 할아버지는 조선시대의 주자학과 성리학을 최고의 학문으로 숭상하셨던 한학자였다. 또한 할아버지 지산(芝山) 선생은 생전에 효를 지고지선의 생활철학으로 삼고 몸소 실천하신 분이었다.

> 할아버지의 훈학의 터전이었던 삼덕서당에는 멀리에서도 서생들이 몰려들었다. 나도 말을 배울 무렵부터 한학 공부를 시작한 것 같다. 할아버지는 나에게 몹시 엄하신 분이었다. 만약에 잘못이라도 하면 종아리를 걷고 회초리를 맞아야 했다. 그분의 말씀은 언제나 옳았다. 행실은 사람들의 모범이 되었다. 유교의 근간인 삼강(三綱) 오륜(五倫)을 철저히 가르치고 몸소 실천한 분이었다. 일제 강점기에 단발령이 내리고 모든 서당을 폐쇄하라는 서릿발 같은 분위기에서도 끝내 머리를 자르지 않고 상투에 망건을 쓴 근엄한 선생님이셨다.
>
> —〈'지산(芝山) 선생님'을 생각하며〉 중에서

할아버지가 음력 초하루 보름이면 어김없이 의관을 갖추고 험한 산길 이십여 리를 걸어서 성묘를 다니시는 모습을 보면서 어린 손자는 그 어른의 효(孝) 사상을 누구보다도 깊게 체험했을 것이다. 그리고 성장하면서부터는 할아버지의 효 사상은 자연히 공자의 인(仁) 사상으로 치환하게 된다.

그러나 오늘의 중국은 물질만능 사상으로 많이 부패되고 변질되었다. "그들이 공자의 학문과 사상을 이어 받은 국민인가" 하고 안타까워하는 것은 어린 시절부터 공자를 성인으로 흠모했기 때문이다.

> 고양이 이론이 오늘날 중국을 패권 국가로 성장시키는 계기가 되었겠지만, 이천오백여 년을 면면히 이어져 온 공자의 인(仁)·의(義)·예(禮)·지(智) 사상을 밀어냈다면 그 대가(代價)가 너무 크다는 생각이 들었다.
>
> —〈공자를 밀어낸 고양이〉 중에서

이 작가는 덩샤오핑의 흑묘백묘론이 위대한 공자 사상을 밀어낸 오늘의 중국 모습을 안타까워하듯이, 할아버지가 몸소 실천해 보이셨던 그 효 사상이 오늘날 "날개 떨어진 새처럼 추락하고" 있음을 안타까워한다.

우리는 역사를 기록된 과거의 사실로 인지한다. 그 과거의 사실은 객관적인 것이어서 나와는 직접적인 관계가 없어 보인다. 그러나 이 작가에게만은 그 과거가 피부적으로 느껴지는 것은 그 시간 속에 아버지가 계시기 때문이다. 아버지가 겪은 불행은 개인의 불행이 아니라 시대의 아픔이요 비극이었다. 역사가 안겨 준 고통과 비극은 당대에 그치지 않고 현재에까지 이어지게 됨을 이 가족사는 증거해 보이고 있다.

일제 말기, 스물여섯 살 젊은 나이에 사할린의 탄광으로 끌려가셨던 아버지는 8 · 15해방 이후에도 귀국하지 못하고 그곳에서 병사한다. 40여 년간 지속되었던 동·서 냉전이 해빙되면서 여섯 살 어린 나이에 헤어졌던 아버지를 찾아 사할린으로 날아가지만, 초로의 아들을 맞이한 것은 묘지에 서 있는 한 그루 상록수였을 뿐이다. 달 밝은 밤이면 혼령이라도 나와 나무 밑에서 노닐라고 친구들이 심었다는 그 나무가 "아버지의 외로운 영혼을 보듬고 위로했을 것이라 생각하니 가슴이 아려왔다."

> 아버지의 영혼을 위로했던 사연 깊은 나무를 옮겨 올 수가 없어서 홀로 남겨둔 채, 아버지의 유해를 봉환하였다. 그러나 두고 온 나무에 대한 고마움과 미련은 여전했다. 지금도 주인을 떠나보내고 공동묘지에 홀로 있을 그 나무를 생각하면 늘 마음이 아리고 탈 없이 자라고 있는지, 자라고 있다 한들 거기에 얽힌 기막힌 사연을 누가 알겠는가.
>
> —〈두고 온 나무〉 중에서

넘어져 이마를 다친 어린 아들을 안고 옥도정기를 발라주던 젊은 아버지, 그 아슴푸레한 추억은 이제 마음속의 풍경화가 되었다. 그 그림 속의 아버지는 영원히 스물여섯 살 젊은이의 모습으로 남아 있을 것이다.

어머니란 누구에게나 감성의 원천이자 자식에게는 절대적인 존재다. 김소운은 "내 어머니가 레프라(문둥이)일지라도 클레오파트라와 바꾸지 않겠다."고 했다. 그런데 하물며 그 어머니가 아버지 없는 외아들을 키우기 위해 온갖 고생을 마다하지 않으신 분이라면 두말해 무엇하랴. 자식이 정도(正道)를 걷게 하려면 어머니는 사랑을 절제하고 안으로 감추어야 한다.

> 어머니의 자식 교육은 아주 엄격하셨다. 거짓말을 하거나 남의 것을 불의로 탐내는 일은 추호도 용납하지 않으시고, 만일 행동이 엇나가기라도 하면 회초리를 들고 엄히 꾸짖으셨다. 말씀보다는 몸소 실천하심으로써 인성(人性)을 터득하게 하셨으나 자식이 나아갈 길을 개척할 수 있는 자주정신은 철저히 길러 주신 분이셨다.
>
> —〈그 밤의 성찬〉 중에서

할아버지는 손자가 한학을 공부하면서 고향을 지켜주기를 바랐지만 어머니는 생각이 달랐다. 학교를 다녀야 지독한 가난과 환경에서 벗어날 수 있다는 믿음이 있었기 때문이다. 그래서 완고한 할아버지를 설득하여 마침내 학교에 보내도 좋다는 허락을 받아낸다.

어머니는 아들이 할아버지 품에서 벗어나 학교라는 신천지로 가게 되었음을 알리고 싶은 마음에서 집안 어른들을 저녁에 초대한다. "그 밤의 상차림은 비록 소박하였지만 어머니가 아들의 앞날을 축복하면서 차릴 수 있는 최선의 성찬이었다."

이 작가는 그날 밤의 정경을 이렇게 아름답게 회상한다.

> 보름달이 밤하늘에 밝게 떠오르던 그 여름 밤, 지붕 위에 활짝 핀 박꽃들은 달빛을 받아 마치 백조들이 군무를 추는 것처럼 살랑이고, 밀물 때가 되어 밀려오는 조수(潮水)가 갯바위에 부딪히는 소리는 조용한 밤에 메아리가 되어 귓전을 은은하게 울렸다. 마당에는 큰 멍석이 깔리고 적당히 마른 풀단을 태우는 모깃불에서는 풀 냄새와 함께 연기가 모락모락 피어오르고 있었다. 하늘과 땅과 바다가 우리를 축복하는 것 같은 밤이었다.
>
> — 윗글 중에서

세상의 모든 자식들은 부모 앞에 어쩔 수 없는 불효자들이다. 받은 마음은 크고 돌려드리는 마음은 작기 때문이다. 그래서 남는 것은 회한(悔恨)밖에 없을지 모른다.

> 아들의 장도(壯途)를 위해 칼국수 만찬을 준비하셨던 어머니, 더 넓은 세상에서 새로운 문명과 신교육을 받게 될 아들에 대한 기대가 얼마나 크셨을까. 동량지재(棟梁之材)가 되기를 바라셨을 그분은 나를 위한 최선의 삶을 사셨다. 그러나 나는 세상을 넓게도 깊게도 보지 못한 채 평범한 삶으로 오늘에 이르렀으니 송구스럽기만 하다.
>
> — 윗글 중에서

아브라함 링컨은 “어머니의 기도는 내 인생에서 늘 나와 함께하였고, 내가 성공을 했다면 그것은 오직 어머니의 덕”이라고 했다. 신교육을 받더라도 예도(禮度)를 잃지 말라고 하셨던 할아버지의 훈육을 잊지 않은 손자라면, 어머니가 아들을 올곧게 키우기 위해 남몰래 흘렸던 눈물과 고통을 기억하고 있는 자식이라면, 이 작가는 그분들의 기대에 어긋나지 않은 삶을 살았으리라는 생각이 든다.

안과순 작가는 현충일이면 어김없이 장인이 잠들어 있는 현충원에 간다. “그곳은 효도의 근본을 몸소 실천하게 하는 곳이요, 손주들에게는 어른들이 참배하는 모습을 보면서 나라 사랑과 부모 사랑을 체험시키는 곳”이기 때문이다(〈그대들 있기에 조국이 있다〉).

참배를 마치고 돌아올 때 꼭 들르는 곳은 월남전 당시 명성을 떨쳤던 주월사령관 묘소이다. 삼성 장군이지만 사병들과 함께 묻힌 그 사령관은 "투철한 국가관으로 오직 군인의 길을 걸었던 분"이다. "그대들 여기에 있기에 조국이 있다"라는 비문은 사령관의 말이자 그에게 바치는 이 작가의 헌사이기도 하다.

> 오직 올곧은 국가관과 군인 정신, 부하들을 사랑하는 박애정신, 자기 공을 부하들에게 돌리는 겸양 정신 등을 몸소 실천한 참군인. (…) 생전의 영화와 사후의 특권도 다 내려놓고 오직 참군인의 길을 걸은 아름다운 영혼. 그의 묘소 앞에 머리 숙이며 가슴 뭉클함을 느끼지 않을 수 없다.
>
> — 〈그대들 있기에 조국이 있다〉 중에서

이 작가가 안중근 의사를 흠모하는 것도 안 의사의 "애국심과 독립정신, 투철한 군인 정신, 강철 같은 신념"(〈임의 마지막 유묵遺墨〉)에 매료되었기 때문이라 했다.

이런 글들에 숨겨져 있는 주제는 애국심이다. 국가를 위한 뜨거운 단심(丹心)은 순수하고 절대적이다. 짐이 국가가 아니라, 국가는 곧 나라고 생각하기에 자신의 성장도 국가의 성장이 있었기에 가능했다고 고백한다. 가난한 나라의 국민으로서 경제 발전의 초석이 된 사람들, 오늘의 우리나라를 자랑스럽게 일으켜 세운 사람들, 그 산업 전사들 속에 자신도 있다는 자부심은 그의 노년을 당당하게 만든다. 그러기에 그는 그 자랑스러운 '노병'들에게 애정 어린 부탁을 할 수가 있는 것이다.

> 과거의 산업 전사로서의 자부심만으로는 사회의 존경심을 받을 수 없다. (…) 문화와 도덕이 어우러지는 국가로 키우기 위해서 노인들이 해야 할 일이 무엇인가를 스스로 찾아서 공헌해야 한다. 우리나라를 동방예의지국으로 다시 세우는 일, 그것은 결코 어려운 일이 아니며 노인들이 능히 솔선수범할 수 있는 일들이다.
>
> — 〈동방예의지국〉 중에서

3.

문명의 오지였던 태안반도의 끝자락에서 태어난 소년은 장안에 집 한 채를 마련하여 어머니와 함께 단란하게 사는 것이 꿈이었다. 동네에서는 하나밖에 없는 중학생이 되었지만, 그것은 어머니의 고생이 시작되었다는 것을 의미할 만큼 젊은 시절은 고단했다.

그러나 발전하는 국가와 함께 자신도 성장하여 이제 그는 자랑스러운 노병이 되었다. 돌아보면 "땀 흘려 이루어 놓은 지난날들이 모두 자랑스럽다. 역사상 우리 민족이 이러한 우월감을 가져본 적이 있었던가"(〈이렇게 살다 왔습니다〉) 하고 감개무량해하지만, 민족이라는 말을 달리 바꾸면 그것은 곧 자기 자신을 에둘러 표현한 것임을 알 수가 있다.

"춥고 거친 파고를 이겨 내면서 여기까지 왔다. 뒤돌아보면 걸어온 길이 자랑스럽다. 그 길은 행복하고 보람도 있는 길이었다."(〈나도 행복했다〉). 자신의 일생을 돌아보면서 '그래도 행복했다'고 말할 수 있는 사람은 인생을 성공적으로 산 사람이다.

"이승을 떠나는 날, 선산에 잠드신 어머님 품에 안겨, 이렇게 살다 왔습니다."(〈이렇게 살다 왔습니다〉) 하고 자랑스럽게 고할 수 있는 자식이라면, 그는 최후에 웃는 자요 효자가 아닐까.